引领成长的必读故事丛书

本书编写组◎编

CHUKOU

CHENGZHANG
DE CHENGYU

GUSHI

出口成章的成语故事

世界图书出版公司
广州·北京·上海·西安

图书在版编目（CIP）数据

出口成章的成语故事／《出口成章的成语故事》编
写组编 . —广州：广东世界图书出版公司，2010. 10（2024.2 重印）
ISBN 978－7－5100－2840－3

Ⅰ. ①出… Ⅱ. ①出… Ⅲ. ①汉语－成语－故事－青
少年读物 Ⅳ. ①H136. 3－49

中国版本图书馆 CIP 数据核字（2010）第 196607 号

书　　　名　出口成章的成语故事
　　　　　　CHUKOU CHENGZHANG DE CHENGYU GUSHI
编　　　者　《出口成章的成语故事》编写组
责任编辑　王开桃
装帧设计　三棵树设计工作组
出版发行　世界图书出版有限公司　世界图书出版广东有限公司
地　　　址　广州市海珠区新港西路大江冲 25 号
邮　　　编　510300
电　　　话　020-84452179
网　　　址　http://www.gdst.com.cn
邮　　　箱　wpc_gdst@163.com
经　　　销　新华书店
印　　　刷　唐山富达印务有限公司
开　　　本　787mm×1092mm　1/16
印　　　张　13
字　　　数　160 千字
版　　　次　2010 年 10 月第 1 版　2024 年 2 月第 10 次印刷
国际书号　ISBN　978-7-5100-2840-3
定　　　价　59.80 元

版权所有　翻印必究
（如有印装错误，请与出版社联系）

前　言

　　所谓成语就是语言中经过长期使用、锤炼而形成的固定短语，是历史的产物和文化的结晶。

　　成语有很大一部分是从古代相承沿用下来的，在用语方面往往不同于现代汉语。其中有古书上的成句，也有从古人文章中压缩而成的词组，还有来自人们口头常用的习惯用语，它来源于历史故事、寓言故事、神话故事、民间故事、诗词曲赋等，包含了政治、经济、军事、外交、科学、文化等许许多多方面的知识，是中华民族语言宝库中的一朵奇葩。通过成语这座特殊的桥梁，青少年可以学到更丰富的知识，提高自己的审美品位和文化修养。

　　每一个成语的背后都有一个精彩的故事。成语的精练和精辟与故事的生动和形象是统一的。青少年朋友学习成语，可以从读故事开始。只有了解这个故事产生的时代和反映的历史事件，才能更好地理解和掌握从故事中概括出来的真正含义。阅读成语故事，可以了解历史、通达事理、学习知识、积累优美的语言素材，并通过它丰富自己的知识，陶冶自己的情操，进一步加深对中国传统文化的了解，增强自己的自豪感。

　　为了帮助青少年增强学习成语的兴趣，提高运用成语的水平，我们编写了这本《出口成章的成语故事》，希望这本书能让青少年了解中华民族悠久的历史、宝贵的文化遗产和高超的智慧，能够获得所需要的知识以及心灵的滋养，并使学习成语、掌握成语成为一个轻松的过程。

目 录

出口成章的成语故事

1

引领青少年成长的必读故事丛书

爱屋及乌

释 义

爱某个人而连带爱护停留在他屋上的乌鸦。比喻非常喜爱某人，从而连带爱及和他有关的人或物。

✿　　　✿　　　✿　　　✿　　　✿

商朝末年，纣王穷奢极欲，残暴无道，西方诸侯国的首领姬昌决心推翻商朝统治。他积极练兵备战，准备东进，可惜还没有实现愿望就逝世了。姬昌死后，他儿子姬发继位称王，世称周武王。周武王在军师姜尚（太公）及弟弟姬旦（周公）、姬奭（召公，奭：shì）的辅佐下，联合诸侯，出兵讨伐纣王。双方在牧野交兵。这时纣王已经失尽人心，军队纷纷倒戈，终于大败。商朝都城朝歌很快被周军攻克。纣王自焚，商朝灭亡。

纣王死后，武王心中并不安宁，感到天下还没有安定。他召见姜太公，问道：

"进了殷都，对旧王朝的士众应该怎么处置呢？"

"我听说过这样的话：如果喜爱那个人，就连同他屋上的乌鸦也喜爱；如果不喜欢那个人，就连带厌恶他家的墙壁篱笆。这意思很明白：杀尽全部敌对分了，一个也不留下。人王你看怎么样？"太公说。

武王认为不能这样。这时召公上前说：

"我听说过，有罪的，要杀；无罪的，让他们活。应当把有罪的人都杀死，不让他们留下残余力量。大王你看怎么样？"

武王认为也不行。这时周公上前说道：

"我看应当让各人都回到自己的家里，各自耕种自己的田地。""君王不应偏爱自己旧时朋友和亲属，要用仁政来感化普天下的人。"

武王听了非常高兴，心中豁然开朗，觉得天下可以从此安定了。

武王照周公说的办，天下果然很快安定下来，民心归附，西周更强大了。

安如泰山

释 义

像泰山一样稳固，不可动摇。形容事或物的根基十分稳固。

✽   ✽   ✽   ✽   ✽

枚乘，字叔，古淮阴（今淮安）人，是汉代著名的文学家。汉景帝时，他在吴王刘濞（bì）府中担任郎中。

吴国是当时诸侯中的大国，吴王刘濞野心很大，一直觊觎（jì yú）中央政权，暗中图谋叛乱。汉景帝任用富有才能的政治家晁错为御史大夫，晁错主张削减各诸侯国的领地，加强中央的权力和威信，巩固国家的统一。刘濞看到一些诸侯王纷纷被削减了领地，知道自己也在所难免，于是联络楚、赵、胶西、胶东等国的诸侯王阴谋策划叛乱。

枚乘清醒地看到刘濞阴谋反叛的祸害，写了《上书谏吴王》，对刘濞进行劝谏。在谏书中，他说："您要是能够听取忠臣的话，一切祸害都可以避免。如果一定要照自己所想的那样去做，那是比叠鸡蛋还要危险，比上天还要艰难的；不过，如果能尽快改变原来的主意，这比翻一下手掌还容易，也能使自己的地位比泰山还稳固。"但刘濞执迷不悟，加紧进行阴谋反叛活动。于是，枚乘只得离开吴国，投奔了梁孝王。

公元前154年，刘濞联络楚、赵、胶西、胶东等诸侯王，以"清君侧"杀晁错为名，起兵叛乱。历史上称"吴楚七国之乱"。

汉景帝听信谗言，杀了晁错，向诸侯王们表示歉意。这时，枚乘又写了《上书重谏吴王》，劝刘濞罢兵。刘濞还是不肯回头。不久，汉朝大将周亚夫率领军队打败了吴楚叛军。楚王刘戊自杀，吴王刘濞逃到东越被杀，其余五个王也落得自杀或被杀的下场。这场叛乱只维持了三个月就彻底失败了。

七国之乱平定之后，枚乘因写了《上书谏吴王》，显示出远见卓识而名声大振。

后来汉武帝即位，派人征召他进京做官，可惜他还没到京城就死于途中。

按图索骥

释 义

索：寻找，觅求。骥：好马。按图像寻求好马，比喻做事拘泥了成法，不能结合实际，灵活变通。现在也用于按照线索去寻找人或事物。

❋　　　❋　　　❋　　　❋　　　❋

孙阳，春秋时秦国（今山东）人，相传是我国古代最著名的相马专家，他一眼就能看出一匹马的好坏。因为传说伯乐是负责管理天上马匹的神，因此人们都把孙阳叫做伯乐。

据说，伯乐把自己丰富的识马经验，编写成一本《相马经》。在书上，他写了各种各样的千里马的特征，并画了不少插图，供人们作识马的参考。

伯乐有个儿子，智商很差，他也很想出去找千里马。他看到《相马经》上说，千里马的主要特征是"高脑门，大眼睛，蹄子像摞起来的酒曲块"，便拿着书往外走去，想试试自己的眼力。

走了不远，他看到一只大癞蛤蟆，忙捉回去告诉他父亲说："我找到了一匹好马，和你那本《相马经》上说的差不多，只是蹄子不像摞起来的酒曲块！"伯乐看了看儿子手里的大癞蛤蟆，又好笑又好气，幽默地说："这'马'爱跳，没办法骑呀！"

百步穿杨

释　义

百步以外，能射穿选为目标的杨柳树叶子。比喻射箭或射击的技艺高超，引申为本领非常高强。

❋　　❋　　❋　　❋　　❋

白起，郿（今陕西郿县东北）人，号称"人屠"，战国四将之一，秦国名将。

一次，白起领兵前去攻打魏国。有个名叫苏厉的谋士获悉后，赶紧去见周朝的国君，提醒他说："如果魏国被秦军占领，您的处境就危险了。"原来，这时周朝的国君名义上是天子，实际上对各诸侯国已没有管辖权。魏国如被秦国攻灭，秦国的势力将更强大，对周天子的威胁也更大。周天子问苏厉怎么办，苏厉建议周天子赶快派人去劝说白起停止进攻。派去的人给白起讲了下面的故事。

楚国有个著名的射箭手，名叫养由基。此人年轻时就勇力过人，练成了一手好箭法。当时还有一个名叫潘虎的勇士，也擅长射箭。一天，两人在场地上比试射箭，许多人都围着观看。

靶子设在五十步外，那里撑起一块板，板上有一个红心。潘虎拉开强弓，一连三箭都正中红心，博得围观的人一片喝彩声。潘虎洋洋得意地向养由基拱拱手，表示请他指教。

养由基环视一下四周，为了显示自己的功力，决定射百步外的柳叶，他指着百步外的一棵柳树，叫人在树上选一片叶子，涂上红色作为靶子。接着，他拉开弓，"嗖"的一声射去，箭镞正好射穿这片柳叶的中心。

在场的人都惊呆了。潘虎自知没有这样高强的本领，但又不相信养由基箭箭都能射穿柳叶，便走到那棵柳树下，选择了三片柳叶，在上面用颜色编上号，请养由基按编号次序再射。

养由基走前几步，看清了编号，然后退到百步之外，拉开弓，"嗖嗖嗖"三箭，分别射中三片编上号的柳叶。这一来，喝彩声雷动，潘虎也口服心服。

就在一片喝彩声中，有个人在养由基身旁冷冷地说："嗯，有了百步穿杨的本领，可以教他射箭了！"养由基听此人口气这么大，不禁生气地转过身去问道："你准备怎样教我射箭？"那人平静地说："我并不是来教你怎样弯弓射箭，而是来提醒你该怎样保持射箭名声的。你善于射箭而不善于休息，一旦你力气用尽，只要一箭不中，你那百发百中的名声就会受到影响。一个真正善于射箭的人，要保持自己百战百胜的名气，不能轻易出战。"

白起听了这个故事之后便借口有病，停止了向魏国的进攻。

百折不挠

释 义

折：挫折。挠：弯曲，屈服。不管受到多少挫折都不屈服。形容意志坚强。

❋　　❋　　❋　　❋　　❋

桥玄，字公祖，东汉睢（suī）阳（今河南商丘）人。他性情刚直，疾恶如仇，敢于同坏人坏事作斗争。

桥玄年轻的时候在本县当功曹。有一次，豫州刺史周景来到睢阳，他向周景揭发了豫州"陈国相"羊昌的罪恶，请求周景派他去查办。周景同意后，桥玄首先把羊昌的宾客全部抓起来，详细调查羊昌的罪行。羊昌的靠山、当朝大将军梁冀知道这个消息后，派人飞马送来书信搭救羊昌，周景也接到圣旨，要他召回桥玄。桥玄退还书信，加快了办案的速度，终于使羊昌受到惩罚。桥玄也由此出了名。

汉灵帝时，桥玄当上了尚书令，他掌握了太中大夫盖升仗着与灵帝有交情，在做南阳太守时大肆收受贿赂、搜刮财富的事实，就向汉灵帝上奏，要求罢免盖升，抄没他搜刮来的财产。汉灵帝不但不查办盖升，反而升了盖升的官。桥玄心灰意冷，于是托病辞职，回了老家。

桥玄在京城任职的时候，有一次，他的十岁的小儿子在门口玩，突然有三个强盗劫持了孩子，冲到楼上，向桥玄勒索财物。消息传开，校尉阳球同河南府尹、洛阳县令带兵包围了桥玄的家。阳球等怕动手时伤了孩子，不敢进攻，桥玄大声喝道："强盗无法无天，难道能为了我的孩子而放纵这些恶贼吗！"阳球等在他的催促下发动进攻，杀死了强盗，他的小儿子也因此而丧生。

桥玄死时，家里没有什么遗产，殡葬也非常简单。他坚毅果断、勇往直前的精神，受到人们的赞扬。东汉著名文学家蔡邕在《太尉桥公碑》中评价他说："他的性情严肃，嫉恨奢华，崇尚俭朴，有百折不挠的气概，在重大原则问题上决不改变自己的意志。"

背水一战

释 义

背：背向着，背靠着。背靠着水作战，后无退路。比喻决一死战。

　　　❋　　　　❋　　　　❋　　　　❋　　　　❋

韩信，淮阳（今江苏淮安）人。西汉开国功臣，中国历史上伟大的军事家、战略家、统帅和军事理论家。

公元前 204 年 10 月，韩信率一万新招募的汉军越过太行山，向东攻打项羽的附属国赵国。赵王和大将陈余集中二十万兵力，占据了太行山以东的咽喉要地井陉口准备迎战。井陉口以西，有一条长约百里的狭道，两边是山，道路狭窄，是韩信的必经之地。赵军谋士李左车献计：正面死守不战，派兵绕到后面切断韩信的粮道，把韩信困死在井陉狭道中。陈余不听，说："韩信只有几千人，千里袭远，如果我们避而不击，岂不让诸侯看笑话？"

韩信探知消息后，率领汉军迅速进入井陉狭道，在离井陉口三十里的地方扎下营来。半夜，韩信派两千轻骑，每人带一面汉军旗帜，从小道迂回到赵军大营的后方埋伏。韩信告诫说："交战时，赵军见我军败逃，一定会倾巢出动追赶我军，你们火速冲进赵军的营垒，拔掉赵军的旗帜，竖起汉军的红旗。"其余汉军吃了些简单干粮后，马上向井陉口进发。到了井陉口，大队渡过挠蔓水，背水列下阵势，高处的赵军远远见了，都笑话韩信。

天亮后，韩信设置起大将的旗帜和仪仗，率众开出井陉口。陈余率轻骑精锐蜂拥而出，要生擒韩信。韩信假装抛旗弃鼓，逃回河边的阵地。陈余下令赵军全营出击，直逼汉军阵地。汉军因无路可退，个个奋勇争先。双方厮杀半日，赵军无法获胜。这时赵军想要退回营垒，却发现自己大营里全是汉军旗帜，队伍立时大乱。韩信趁势反击，赵军大败，陈余战死，赵王被俘。

战后，有人问："兵法上说，要背山、面水列阵，这次我们背水而战，居然打胜了，这是为什么呢？"韩信说："兵法上不是也说'陷之死地而后生，置之亡地而后存'吗？只是你们没有注意到罢了。"

兵不厌诈

释　义

厌：厌弃，排斥。诈：欺骗对方。兵：用兵打仗。用兵作战时可以尽量多地使用欺诈的策略和方法迷惑敌人。

✳　　　✳　　　✳　　　✳　　　✳

公元前633年，楚国攻打宋国，宋国向晋国求救。第二年春天，晋文公派兵攻占了楚国的盟国曹国和卫国，声称只有他们与楚绝交，才让他们复国。楚国被激怒了，撤掉对宋国的包围，来和晋国交战。两军在城濮（今山东鄄城西南）对阵。

晋文公重耳做公子时，受后母迫害，逃到楚国，受到楚成王的款待。楚成王问重耳以后如何报答，重耳说："美女、绸缎等，您什么都不缺了。假如托您的福我能回国执政，万一遇到两国发生战争，我就撤退三舍（一舍为三十里）。如果楚国还不能谅解，双方再交手。"为了实现当年的诺言，晋文公下令撤退九十里。楚国大将子玉率领楚军紧逼不舍。

当时，楚国联合了陈、蔡等国，兵力强；晋国联合了齐、宋等国，兵力弱。晋文公的舅舅子犯说："我听到过这样的说法，对于注意礼仪的君子，应当多讲忠诚和信用，取得对方信任；在你死我活的战阵之间，不妨多用欺诈的手段迷惑对方。你可以采取欺骗敌军的办法。"晋文公听从了子犯的策略，首先击溃由陈、蔡军队组成的楚军右翼，然后主力假装撤退，引诱楚军左翼追赶，再以伏兵夹击。楚军左翼大败，中军也被迫撤退。这就是历史上著名的以弱胜强的城濮之战。晋国取胜后，与齐、鲁、宋、郑、蔡、莒（jǔ）、卫等国会盟，成为诸侯霸主。

出口成章的成语故事

不寒而栗

栗：打战，发抖。指天不寒冷而发抖。形容非常害怕，恐惧。

* * * * *

义纵，西汉武帝时，河东（今山西夏县）人。是西汉中期以严厉手段打击豪强地主的著名"酷吏"。

义纵的姐姐义姁是个医生。她因医好了皇太后的病，得到了皇太后的宠爱，义纵也因此得到汉武帝的任用。他先在上党郡一个县任县令，后又升为长安县令。他在任职期间，能够依法办事，不讲情面，也不怕得罪有权有势的人，当地的治安有了很大的改变。汉武帝认为他很有才干，就调任他为河内郡都尉，后又升为南阳太守。

当时，南阳城里居住着一个管理关税的都尉，名叫宁成，这人很残暴，利用手中的权力横行霸道，百姓们都很害怕他，甚至连进关、出关的官员都不敢得罪他。人们都说，让宁成做官，好比是把一群羊交给狼管。宁成听说义纵要来南阳任太守，有些不安。等义纵上任那天，他带领全家老小恭恭敬敬地站在路边迎接义纵。义纵看穿了宁成的意图，对他不理不睬。一上任，义纵就派人调查宁成的家族，凡是查到有罪的，统统杀掉，最后，宁成也被判了罪。这样一来，当地有名的富豪孔氏、暴氏因为也有劣迹，吓得逃离了南阳。

后来，汉武帝又调义纵任定襄（在今内蒙古）太守，那时，这个地区的治安很混乱。义纵一到定襄，就将监狱中二百多个重罪轻判的犯人重新判处死刑，同时将二百多个私自来监狱探望这些犯人的家属抓了起来，以他们想要为犯人开脱罪行为由，也一起判处死刑。那天一共杀了四百多人。尽管那天天气不冷，然而，住在这个地区的人们听到这个消息后都吓得发抖。

义纵执法严明，但也存在肆意残杀的问题，因此司马迁《史记》把义纵归入酷吏一类。

不求甚解

释 义

甚：过分。原指读书不要去钻牛角尖，不要刻意于一字一句的解释。现多指只求知道个大概，不深入理解。

❋　　　❋　　　❋　　　❋　　　❋

陶渊明，名潜，字元亮，东晋末期南朝宋初期诗人、文学家、辞赋家、散文家，是我国最早的田园诗人。他所开创的田园诗体，为古典诗歌开辟了一个新的境界。

陶渊明的家乡浔阳一带水旱灾害连年不断。陶渊明靠着微薄的田产，维持着一家老小的生活，过着非常艰难的日子。

尽管如此，陶渊明也不羡慕荣华富贵的生活，只喜爱清静闲散的田园生活。他一面耕田，一面读书写诗，不仅不觉得苦，反而自得其乐。

大概二十八岁那年，陶渊明为自己写了一篇文章，取名《五柳先生传》。文章开头的大意是这样的：先生不知道是何等样人，也不清楚他的姓名。他的住宅旁边有五棵树，因而就以"五柳"作为自己的号了。先生喜爱闲静，不多说话，也不羡慕荣华利禄。很喜欢读书，但对所读的书不执著于字句的解释。每当对书中的意义有一些体会的时候，便高兴得忘了吃饭。他生性爱喝酒，可是因为家里贫穷，不能常得到酒喝。亲戚朋友知道他这个情况，所以时常备了酒邀他去喝。而他呢，到那里去总是把他们备的酒喝光……

才疏意广

释　义

疏：粗疏。广：广大。才干有限而抱负很大。

✽　　　✽　　　✽　　　✽　　　✽

孔融，字文举，东汉文学家，鲁国（今山东曲阜）人，"建安七子"之首。

孔融十六岁时，山阳人张俭因为揭发中常侍侯览的罪行被四处通缉。张俭逃到山东时，来投奔孔融的哥哥。孔融的哥哥见张俭窘迫，就收留了他。后来事情泄漏，张俭走脱，孔融全家被抓到官府。孔融说："收留张俭的是我，应当治我的罪。"孔融的哥哥见弟弟为自己辩护，便不甘示弱地说："收留张俭的人确实是我，不是我弟弟的错，请治我的罪。"孔母说："责任应该是我这个做长辈的，你们治我的罪吧。"官府听完后也不知道该怎么处理。

孔融当北海郡太守时，被袁绍人马围攻。从春天打到夏天，孔融只剩下几百士兵了，袁绍人马放的箭像下雨一样，最后双方常常短兵相接，孔融隐几读书，谈笑自若。

孔融性情宽厚少忌，好士，喜欢提拔年轻人。他家常常宾客盈门，孔融说："座上客恒满，樽中酒不空，我就没有什么担忧的了。"

孔融为曹操所不能容，建安十三年被杀，死时才56岁。《后汉书》上说："孔融抱负很大，志在靖难，可是才疏意广，所以没有成功。"苏轼不同意这个观点，他说："以成败论人物，所以曹操被称为英雄，而孔融却被称为'才疏意广'，真是太可悲了！"

残羹冷炙

释 义

残：剩下的。炙（zhì）：烤熟的肉。指吃剩下的饭食和菜汤。也比喻别人施舍的东西。

✲　　✲　　✲　　✲　　✲

杜甫，字子美，自号少陵野老，河南巩县（今河南巩义）人。世称"杜工部"、"杜拾遗"，盛唐时期伟大的现实主义诗人。他忧国忧民，人格高尚，被后世尊称为"诗圣。"

唐玄宗晚年，不理朝政，只是宠爱杨贵妃。天宝六年，玄宗下诏，以考试来选拔人才。

三十六岁的诗人杜甫正好在长安，听了这个消息很高兴。不料，考完后，主考官李林甫宣布无一人入选。李林甫回玄宗说："天下的英才早被我们网罗光了，没有漏掉一个。"玄宗听了很高兴。

杜甫没想到是这样的结果，十分苦闷。为了维持生计，他只得以"宾客"的身份，穿梭于达官贵人之间，过着寄人篱下的生活。汝阳王府、郑驸马府、韦丞相府都是杜甫经常出没的地方。他常常陪着王公大臣诗酒宴游，大家喝得高兴时，写首诗助助酒兴；大家玩得高兴时，写上首赋助助游兴，这样的生活持续了九年。

在一首诗中他这样描述自己的生活："每天一大早就去敲富人的家门，每天晚上跟着人家的高头大马，风尘仆仆地回来。得到的每一碗剩菜和剩饭（残羹与冷炙），都饱含着悲凉和辛苦啊。"

不久安史之乱爆发，杜甫又开始了更加凄凉的流亡生活。

草木皆兵

释　义

把山上的草木都当成了敌兵。形容人极度恐惧时神经过敏，疑神疑鬼发生错觉，稍有一点动静就惊恐不安。

✤　　　✤　　　✤　　　✤　　　✤

公元383年，基本上统一了北方的前秦皇帝苻（fú）坚踌躇满志，想以疾风扫落叶之势，统一南北。于是他率领九十万兵马，南下攻伐东晋。东晋王朝任命谢石为大将、谢玄为先锋，率领八万精兵迎战。

秦军前锋苻融攻占寿阳（今安徽寿县）后，苻坚亲自率领八千名骑兵抵达这座城池。他听信苻融的判断，认为晋兵不堪一击，只要他的后续大军一到，一定可大获全胜。于是，他派一个名叫朱序的人去向谢石劝降。

朱序原是东晋官员，他见到谢石后，报告了秦军的布防情况，并建议晋军在前秦后续大军未到达之前袭击洛涧（今安徽淮南东洛河）。谢石听从他的建议，出兵偷袭秦营，结果大胜。晋兵乘胜向寿阳进军。

苻坚得知洛涧兵败，晋兵正向寿阳而来，大惊失色，马上和苻融登上寿阳城头亲自观察淝水对岸晋军的动静。当时正是隆冬时节，又是阴天，远远望去，淝水上空灰濛濛的一片。仔细看去，那里桅杆林立，战船密布，晋兵持刀执戟，阵容甚为齐整。他不禁暗暗称赞晋兵布防有序，训练有素。

接着，苻坚又向北望去。那里横着八公山，山上有八座连绵起伏的峰峦，地势非常险要。晋兵的大本营便驻扎在八公山下。在西北风的吹拂下，山上晃动的草木，就像无数士兵在动。苻坚顿时面如土色，惊恐地回过头来对苻融说："晋兵这么强大，怎么能说它是弱兵呢？"不久，苻坚中了谢玄的计，下令将军队稍向后退，让晋兵渡过淝水决战。结果，秦兵在后退时自相践踏，溃不成军，大败北归。

这一战，便是历史上著名的淝水之战，是历史上以少胜多、以弱胜强的著名战例。

车水马龙

释　义

车来往不断，像流水一样；马挨着马，像游动的长龙一样。

现形容车马往来繁华热闹的场景。

✿　　✿　　✿　　✿　　✿

东汉名将马援的小女儿马氏，由于父母早亡，年纪很小时就操办家中的事情。她把家务料理得井然有序，亲朋们都称赞她是个能干的人。

十三岁那年，马氏被选进宫。她先是侍候汉光武帝的皇后，皇后对她十分宠爱。光武帝去世后，太子刘庄即位，就是汉明帝，他把马氏封为贵人。由于她一直没有生育，便收养了贾氏的一个儿子，取名为刘炟。公元60年，由于皇太后对她非常宠爱，她被立为明帝的皇后。

马氏当了皇后，生活还是非常俭朴。她常穿粗布衣服，裙子也不镶边。一些嫔妃朝见她时，还以为她穿了特别好的料子制成的衣服。走到近前，才知道是极普通的衣料，从此对她更尊敬了。

马皇后知书识理，时常认真地阅读《春秋》、《楚辞》等著作。有一次，明帝故意把大臣的奏章给她看，并问她应如何处理，她看后当场提出中肯的意见。但她并不因此而干预朝政，此后再也不主动去谈论朝廷的事。

明帝死后，刘炟即位，这就是汉章帝。马皇后被尊为皇太后。不久，章帝根据一些大臣的建议，打算对皇太后的弟兄封爵。马太后遵照已去世的光武帝有关后妃家族不得封侯的规定，明确地反对这样做。因此，这件事被搁置在一旁。

第二年夏天，发生了大旱灾。一些大臣又上奏说，今年所以大旱，是因为去年不封外戚的缘故。他们再次要求分封马氏舅父。

马太后还是不同意，并且为此专门发了诏书。诏书上说："凡是提出要对外戚封爵的人，都是想献媚于我，都是要从中取得好处。天大旱跟封爵有什么关系？要记住前朝的教训，宠贵外戚会招来倾覆的大祸。先帝不让外戚担任重要的职务，防备的就是这个。今后，怎能再让马氏走老路呢？"诏书接着说："马家的舅父，个个都很富贵。我身为太后，还是食不求甘，穿着简朴，左右宫妃也尽量俭朴。我这样做的目的，是为下边做个样子，让外亲见了好反省自己。可是，他们不反躬自责，反而笑话我太俭省。前几天我路过娘家住地濯龙园的门前，见从外面到舅舅家拜候、请安的，车子像流水那样不停地驶去；马匹往来不绝，好像一条游龙，招摇得很。他们家的佣人，穿得整整齐齐，衣服绿色，领和袖雪白，这比我们车上的强太多了。我当时竭力控制自己，没有责备他们。他们只知道自己享乐，根本不为国家忧愁，我怎么能同意给他们加官晋爵呢？"

乘兴而来

释 义

乘兴：趁一时的高兴。趁着兴趣浓厚的时候到来。比喻高高兴兴地到来。

＊　　　＊　　　＊　　　＊　　　＊

王徽之，字子猷，东晋琅玡临沂（今属山东）人，是大书法家王羲之的第五个儿子。他生性高傲，不愿受人约束，行为豪放不拘。虽然在朝做官，却常常到处闲逛，不处理官衙内的日常事务。

后来，他干脆辞去官职，隐居山阴（今绍兴）。他天天游山玩水，饮酒吟诗，倒也落得个自由自在。

有一年冬天，鹅毛大雪纷纷扬扬地接连下了几天。到了一天夜里，雪停了。天空中出现了一轮明月，皎洁的月光照在白雪上，好像到处盛开着晶莹耀眼的花朵，洁白可爱。

王徽之推开窗户，见到四周白雪皑皑美极了，顿时兴致勃勃地叫人搬出桌椅，取来酒菜，独自一人坐在庭院里慢斟细酌起来。他喝喝酒，观观景，吟吟诗，高兴得手舞足蹈。忽然，他觉得此景此情，如能再伴有悠悠的琴声，那就更动人了。由此，他想起了那个会弹琴作画的朋友戴逵。

于是，王徽之马上叫仆人备船挥桨，连夜前往。他也不考虑自己在山阴而戴逵在剡溪，而两地有相当长的一段距离。

月光照泻在河面上，水波粼粼。船儿轻快地向前行，沿途的景色都披上了银装。王徽之观赏着如此秀丽的夜色，如同进入了仙境一般。

王徽之不断催促着仆人把船开快点，恨不能早点见到戴逵，共赏美景。船儿整整行驶了一夜，拂晓时，终于到了剡溪。可王徽之却突然要仆人撑船回去。仆人莫名其妙，诧异地问他为什么不上岸去见戴逵。他淡淡地一笑，说："我本来是一时兴起才来的。如今兴致没有了，当然应该回去，何必一定要见着戴逵呢？"

惩前毖后

释 义

惩：警戒。毖：使谨慎。指要从以前的错误中吸取教训，谨慎从事，今后不致再犯类似的错误。

* * * * *

周王朝的开国君主周武王登基时间不长就去世了。他的儿子周成王继位，由于成王年岁太小，由武王的弟弟周公姬旦协助处理国家大事。

对此，武王的另外两个弟弟管叔鲜、蔡叔度很为不满。他们到处造谣，诬蔑周公助理成王是想伺机废除成王，夺取王位。

周公是个待人诚实、豁达大度的人，听了这些谣言后，为了不招惹是非，便离开京都，住到外地去避嫌。

成王年小不懂事，还以为周公真的要抢权，便没有挽留，让他去了外地。

管叔鲜和蔡叔度见周公离开了成王，便暗中勾结殷纣王的儿子武庚，一起发动叛乱，企图篡夺王位。周成王得到密告，急忙召集大臣商议，可谁也拿不出办法来。成王急得在宫中团团转，不知如何才好。

这时一个大臣建议成王应该快去把周公请回来。把周公请回来后，成王马上命令周公带兵东征，讨伐叛贼。经过三年的艰苦征战，叛乱终于被周公平息了。接着，周公又忠心耿耿地替成王料理了几年的国家大事，一直到成王长大成人后，才把政权交还给他，让他自理朝政。

正式接管朝政这一天，成王前往宗庙典祭祖先。在祭祀仪式上，成王对着他的文武大臣讲了话。他回顾了以往的历史教训，并说："我一定要从以前所受的惩罚中吸取教训，小心谨慎地办事，以免再遭祸害。"

唇亡齿寒

释 义

亡：失去。嘴唇没有了，牙齿就会寒冷。比喻两者相互依存，利害相关。

✿　　✿　　✿　　✿　　✿

春秋时期，晋献公想要扩充自己的实力和地盘，就找借口说邻近的虢（guó）国经常侵犯晋国的边境，要派兵灭了虢国。可是在晋国和虢国之间隔着一个虞国，讨伐虢国必须经过虞地。"怎样才能顺利通过虞国呢？"晋献公问手下的大臣。大夫荀息说："虞国国君是个目光短浅、贪图小利的人，只要我们送他价值连城的美玉和宝马，他不会不答应借道的。"晋献公一听有点舍不得。荀息看出了晋献公的心思，就说："虞虢两国是唇齿相依的近邻，虢国灭了，虞国也不能独存，您的美玉宝马不过是暂时存放在虞公那里罢了。"晋献公就采纳了荀息的计策。

果然，虞国国君见到这两门珍贵的礼物，顿时心花怒放，听到荀息说要借道虞国之事时，当时就满口答应下来。虞国大夫宫之奇听说后，赶快阻止道："不行，不行，虞国和虢国是唇齿相依的近邻，我们两个小国相互依存，有事可以彼此帮助，万一虢国灭了，我们虞国也就难保了。俗话说'唇亡齿寒'，没有嘴唇，牙齿也保不住啊！借道给晋国万万使不得。"虞公说："人家晋国是大国，现在特意送来美玉宝马和咱们交朋友，难道咱们借条道路让他们走走都不行吗?"宫之奇连声叹气,知道虞国离灭亡的日子不远了,于是就带着一家老小离开了虞国。

果然,晋国军队借道虞国,消灭了虢国,随后又把亲自迎接晋军的虞公抓住,灭了虞国。

摧枯拉朽

释 义

摧毁枯草,折断朽木。比喻迅速摧毁腐朽的事物。

✳　　✳　　✳　　✳　　✳

东晋末年,琅玡王司马睿在王导、王敦的扶持下在建康登上皇帝的宝座,成立了东晋。历史上称司马睿为晋元帝。晋元帝将帮助自己登上帝位的王敦升为大将军、荆州牧。但为了防止王氏势力压过自己,他暗地里开始压制王氏的势力。王敦不甘心就这样放弃权力,于是决定起兵反抗朝廷。

当王敦准备在武昌起兵造反的时候,为了增强自己的实力,解决后顾之忧,便派了一名使者到梁州去劝说当时的安南将军、梁州刺史甘卓和自己一起造反。甘卓表面上答应了王敦的邀请,可是在王敦起兵那天,甘卓却只派了一名小小的参军来到武昌,劝说王敦不要反叛朝廷。王敦听了之后很意外,他告诉这名参军说:"请你回去转告甘将军,我并不是想反叛朝廷,我只是想去清除掉皇帝身边的那些奸臣。如果这件事情成功了的话,我一定会请皇帝封甘将军为一等公的。"

这名参军回到梁州之后，将王敦的话转告给了甘卓。甘卓听了之后犹豫不决。湘州刺史司马承听说王敦正在劝说甘卓反叛时，立刻派自己的一名手下邓骞前去襄阳，对甘卓说明其中的利害关系，劝说甘卓千万不能跟着王敦造反。这时，甘卓的一名手下建议说："大人，现在情况还不是十分的明朗，您最好是什么也不要做，先等待一段时间之后，看看情况发展到什么样子再下决定。如果那时候朝廷占了上风，朝廷一定会重用您去平叛；如果是王敦取得了胜利，那么他也会重用您帮他打朝廷，这样一来，无论将来是谁取得胜利都不会对大人产生什么不好的影响。"甘卓听了还没有说话，邓骞就立刻反对说："不可以。如果甘大人这样做，就是脚踏两只船。如果朝廷胜了，就会治甘大人不起兵平叛的罪；如果王敦胜了，就会怪罪甘大人没有及时响应他的号召，所以这个办法对甘大人最不利。其实现在情况很明显，王敦手上只有一万多人马，守卫武昌的还不到五千人，而甘大人的军队是武昌守军的一倍多。如果趁王敦进军建康的时候，甘大人带兵攻打武昌，一定会取得胜利。因为王敦出兵是顺流而下，肯定很难逆流而上来救武昌，所以甘大人带兵打武昌，就如同是摧毁干枯的草和朽烂的树木那样容易，根本不需要有什么顾虑。"

尽管邓骞将形势已经分析得十分清楚了，可甘卓仍然是举棋不定。王敦再次派一位名叫乐道融的参军前来劝说甘卓响应。乐道融反而劝甘卓讨伐王敦，甘卓这才下定决心讨伐王敦，并且写了一篇声讨王敦的文章传给各地的官府。当王敦听说了甘卓讨伐自己的事情之后，心里既吃惊又害怕，他赶快派甘卓的侄儿去请求甘卓不要来攻打王敦，请他回师襄阳，并保证绝不会做对甘卓不利的事情。甘卓听了之后又开始犹豫了，甘卓手下的一名军官秦康劝说甘卓不要再犹豫了，一定要忠于朝廷，不能听信王敦的花言巧语。但个性优柔寡断的甘卓却没有听从自己部下的劝说，竟然真的将部队带回

引领青少年成长的必读故事丛书

了襄阳。后来，王敦为了彻底断绝后患，就暗地里和襄阳太守周虑互相勾结，竟然趁甘卓不注意的时候，将甘卓杀死了。

呆若木鸡

释　义

呆得像木头雕成的鸡一样。后形容呆笨或因惊讶、恐惧而发愣的样子。

周宣王姬静是个好大喜功的君主，曾经多次出兵去攻打北方的少数民族。公元前789年，他又率领军队在千亩同姜戎发生激战，结果吃了败仗，损失惨重。为了扩充兵力，他下令在太原地区调查百姓的户数，准备征兵再战，大臣仲山甫极力劝谏，他根本听不进去。

宣王有一种特殊的爱好，就是喜欢看斗鸡。他让太监们养了不少精壮矫健的公鸡，退朝以后经常到后宫的平台上看斗鸡取乐。时间一久，他发现无论哪一只勇猛善斗的鸡都没有常胜不败的，因而心里总感到不满足。

后来，宣王听说齐国有个叫纪渻（shěng）子的人，是位驯鸡能手，就派人把他请到镐京，要他尽快训练出一只常胜不败的斗鸡来。纪渻子从鸡群中挑了一只金爪彩羽的高冠鸡。在关进屋子驯鸡以前，他请宣王不要随便让人去干扰他。

十天以后，性急的宣王等不及了，叫人去问纪渻子鸡的情况。

纪渻子说"它还非常骄傲恃气。"又过了十天，宣王再叫人去问，纪渻子说："不行，它听到声音，或看到什么影像，还会敏捷地作出反应。"又过了十天，宣王实在等得不耐烦了，就把纪渻子召来亲自问他，纪渻子仍然说："不行，这鸡还会怒视而盛气。"宣王却不以为然，说："怒视而盛气，不正是勇猛善斗的表现吗？"纪渻子笑了笑说："陛下过去养的那些勇猛善斗的鸡，有哪一只是常胜不败的呢？"又过了十天，纪渻子主动跑来对宣王说："差不多了。现在这只鸡听到其他鸡的叫声，已经毫无反应，精神处于高度凝寂的状态，看上去就像木鸡一样。别的鸡见了，没有一只敢跟它交锋，只好回头跑掉。"

党同伐异

释 义

跟与自己意见相同的人结为一伙，打击、排斥跟自己意见不同的人。

❀　　❀　　❀　　❀　　❀

公元前141年，刘彻即位，史称汉武帝。在他当政的第二年他就下了一道诏书，命令朝廷大臣和各地诸侯王、郡守推举贤良文学之士。诏书下达后不久，各地送来了一百多个有才学的读书人。武帝命令他们每人写一篇怎样治理国家的文章，其中有个名叫董仲舒的人的文章写得不错。武帝亲自召见了他两次，问了他不少话。董仲舒回话后，又呈上两篇文章，武帝看了都非常满意。

董仲舒的三篇文章，都是论述天和人的关系的，所以合称为《天人三策》，又称《举贤良对策》。其中宣扬的理论叫做"天人感应"。这种理论把封建统治尤其是皇帝的权力神化：谁反对皇帝，谁就是反对"天"，就是大逆不道。

为了贯彻这种理论，董仲舒在《天人三策》中提出了三项建议：一是将诸子百家的学说当做邪说，禁止传播，独尊孔子及其儒家经典，以通过文化上的统治，达到政治上的统一。这就是所谓"罢黜百家，独尊儒术"。二是设立传授儒家经典的最高学府。三是网罗天下人才，使他们忠心耿耿地为朝廷服务。

董仲舒"罢黜百家，独尊儒术"的主张，非常合乎武帝加强中央集权的需要。武帝亲政后，就设置了专门传授儒家学说的五经博士，向五十名弟子讲述《诗》、《书》、《易》、《礼》、《春秋》等五部儒家经典。这些弟子每年考试一次，学通一经的就可以做官，成绩好的可当大官。后来，博士弟子人数不断增加，最多时达三千人。

到汉宣帝刘询当政的时候，儒家思想已经成为维护封建统治的正统思想，儒家学说更是盛行，刘询自己也让五经名儒萧望之来教授太子。但由于当时儒生对五经有不同的理解，所以宣帝决定进行一次讨论。

公元前51年，由萧望之主持，在皇家藏书楼兼讲经处的石渠阁进行了一次大规模的讨论。在讨论过程中，儒生们把和自己观点一样的人作为同党，互相纠合起来；而对观点不一样的人，则进行攻击。

道不拾遗

释义

　　遗：丢失的东西。道路上有遗落的东西，却无人拾捡。形容人民生活富裕，社会风气良好。

　　✳　　　　✳　　　　✳　　　　✳　　　　✳

　　商鞅，原名卫鞅，卫国（今河南安阳）人，战国时期政治家、思想家。他在秦孝公时任秦国的宰相，因功劳显赫而受封赐商地十五邑，故称商鞅。

　　商鞅年轻时就喜欢刑名之学（古代研究以法治国、赏罚分明的学问）。他之所以会到秦国去任宰相，完全是出于逃生。那时，他的父亲卫叔痤在魏国当宰相。有一次，卫叔痤病重，魏王来探望。魏王问卫叔痤："如果你的病难以治愈，朝廷中有谁能代替你？"叔痤说："我儿子卫鞅可以代替我。"想不到，魏王不是个喜欢以法治国的人，所以，对叔痤的荐举自然不高兴。叔痤望着魏王不悦的脸色，心里明白了许多，为了表示自己对魏王的效忠，就建议魏王杀死卫鞅，以防止让他跑到别国去，让别国用他。卫鞅听到这个消息，就逃到了秦国。

　　在秦国，秦孝王录用了他。他不断地劝说秦孝王进行治理国家的改革。秦孝王听从了他的建议，任他为宰相。他制定了一系列新法，废除了维护贵族特权的旧法。这就是历史上有名的"商鞅变法"。

他坚决主张法律面前人人平等，不管是什么人，只要对国家有功，就应该予以奖励。他鼓励耕织，生产多的可免去徭役。他认为，贵族世袭的制度应该废除，应当按军功的大小给予不同的爵位等级。执法应该严明，不讲私情，以法为准。商鞅的变法遭到了贵族势力的反对，但在秦孝公的支持下，变法很快就推行开了。

由于商鞅积极地推行变法，老百姓的生产积极性提高了；军队纪律严明，兵士都乐意打仗；民风也变得纯朴起来，社会秩序安定，夜不闭户，道不拾遗，秦国一天天强大了起来。

道路以目

释　义

目：侧目而视。指百姓慑于暴政，在路上相见，不敢交谈，只能侧目而视。

✳　　　✳　　　✳　　　✳　　　✳

周厉王统治周朝时把平民赖以谋生的许多行业改归王室所有，一时间民生困苦，民怨沸腾。

厉王不听劝谏却采用特务手段对付人民。他派人去卫国（今河南淇县）请了很多巫师，在首都镐京（今陕西西安以西）川流不息地巡回大街小巷，偷听人们的谈话，凡经他们指认为反叛或诽谤的人，即行下狱处决。

不久，镐京再也听不到批评厉王的声音。后来人们索性连话都不说，亲戚朋友在路上见了面也只敢用眼睛示意来表示对厉王的不

出口成章的成语故事

满。厉王很高兴地说："怎么样？我终于使诽谤停止了。"他的大臣召公劝诫说："这样堵住人民的嘴，就像堵住了一条河。河一旦决口，就要造成灭顶之灾；人民的嘴被堵住了，带来的危害远大于河水。治水要采用疏导的办法，治民要让天下人畅所欲言，然后采纳其中好的建议。这样，天子处理国政就少差错了。"厉王不听劝告，仍然一意孤行，实行暴政。举国上下都是敢怒不敢言。

3年后（公元前842年），平民们最终不堪忍受，自发地组织起来攻入王宫，把暴君放逐到一个叫彘（今属山西）的地方。这个事件史称"国人暴动"。

"杀戮无辜曰厉"。周厉王谥号"厉"字，即是来源于他的这段杀人止谤的历史。

得心应手

释　义

得心：指摸索到规律。应：适应。指心手相应，运用自如。形容技艺娴熟，心手相应或学识融会贯通。

❋　　❋　　❋　　❋　　❋

师襄，春秋时鲁国的乐官。擅击磬，孔子的老师之一，师文也曾向他学琴。师文，是郑国宫廷音乐乐师的优秀代表人物。

古时，匏（páo）巴弹琴，鸟儿会随着乐声而舞，鱼儿跃出水面倾听。郑国的师文听说后，就去拜鲁国的师襄为师学琴。

师文学了三年，却弹不出一首完整的曲子。师襄无奈地说："你可以回家去了。"师文扔掉琴，叹息道："我不是不会指法，也不是不能完整地弹一首曲子。而是我心不在琴弦上，心里也没有音乐。由于内心找不到音乐的感受，所以手指就不能和琴弦相配合了。你再给我一些时间，让我找一找音乐的感受。"

过了不久，师文回来见师襄。师襄问："你的琴练得如何？"师文告诉他："我已找到音乐的感受，请听我弹一曲。"

于是师文开始弹奏起来。他奏商音发出南吕（八月律）的音律，让人感觉春天的时候凉风吹来，草木结出果实。接着他又奏角音发出夹钟（二月律）的音律，让人感觉秋天的时候温暖的和风缓缓吹来，草木发出嫩芽。他再奏羽音发出黄钟（十一月律）的音律，让人感觉夏天的时候飞霜下雪，江河池塘突然结冰了。他还奏出徵（zhǐ）音发出蕤（ruí）宾（五月律）的音律，让人感觉冬天的时候阳光炽烈，坚冰马上溶解。最后，他演奏宫音总括以上四种音律，让人感觉微风拂面，祥云浮动，甘露飘落，甘泉涌出。

师襄听了之后抚心高蹈说："你的弹奏真是妙啊！即使师旷之清角，邹衍之吹律，也比不上你。我得挟琴执管向你学琴了。"

由上可见，音乐既可以使春天变成秋天，也可以使秋天变成春天，既可以使夏天变成冬天，也可以使冬天变成夏天。上述种种变化，皆是骤变，而非渐变。音乐的力量不言而喻。

尔虞我诈

释　义

尔：你。虞：欺骗。诈：欺诈。你欺骗我，我欺骗你。比喻互相猜疑，钩心斗角，玩弄欺骗花招。

❋　　　❋　　　❋　　　❋　　　❋

春秋中期，楚国在中原称霸，楚庄王根本不把邻近的小国放在眼里。有一次，他派大夫申舟出使齐国，指示他经过宋国的时候，不必向它借路。申舟估计这样必定会触怒宋国，说不定因此而被杀死。但庄王坚持要他这样做，并向他保证，如果他被宋国杀死，自己将出兵讨伐宋国，为他报仇。申舟没有办法，只好将儿子申犀托付给庄王，然后出发。不出申舟所料，他经过宋国时因没有借路而被抓住。宋国的执政大夫华元了解情况后，对庄王如此无礼非常气愤，对宋文公说："经过我们宋国而不通知我们，这是把宋国当做属国看待，当属国等于亡国。如果杀掉楚国使者，楚国来讨伐我们，最坏的结果也不过是亡国。与其如此，倒不如把楚国使者杀掉！"宋文公同意华元的看法，下令将申舟杀了。消息传到楚国，庄王听到后气得鞋子都来不及穿，宝剑也没时间挂，就下令讨伐宋国。

但是，宋国虽然是个小国，要攻灭它也并不容易。庄王从公元前595年秋出兵，一直围攻到次年夏天，还是没有把宋国的都城打下来。庄王的信心开始动摇，决定解围回国。

申舟的儿子申犀得知后，在庄王马前叩头说："我父亲当时明知要死，可是不敢违抗您的命令。现在，您要违背承诺吗？"庄王听了，无法回答。这时，在边上为庄王驾车的大夫申叔时献计道："可以在这里让士兵盖房舍、种田，装作要长期留下的样子。这样，宋国就会因害怕而投降了。"庄王采纳了申叔时的计策并加以实施。宋国见了果然害怕起来，但华元鼓励守城军民宁愿战死、饿死，也决不投降。

一天深夜，华元悄悄地混进楚军营地，潜入到楚军主帅子反的营帐里，并登上他的卧榻，把他叫起来说："我们君王叫我把宋国现在的困苦状况告诉您，粮草早已吃光，大家已经交换死去的孩子当饭吃；柴草也早已烧光了，大家已用拆散的尸骨当柴烧。虽然如此，但你们想以此来压我们订立丧权辱国的城下之盟，我们宁肯灭亡也不会接受。如果你们能退兵三十里，您怎么吩咐，我就怎么办！"子反听了这番话很害怕，当场先和华元私下约定楚国退兵三十里，宋国也撤兵，然后再禀告庄王。庄王本来就想撤军，听了自然同意。

第二天，庄王下令楚军退兵三十里。于是，宋国同楚国恢复了和平。华元到楚营中去订立了盟约，并作为人质到楚国去。盟约上写着："我不欺骗你，你也不欺骗我！"

分道扬镳

释 义

扬镳（biāo）：往上扯马嚼子，驱马前进。原指把道路按直行线一分为二，各走属于自己统辖的路，分路前进。后用来比喻按照不同的目标或志趣各奔前程，各干各的事。

✳   ✳   ✳   ✳   ✳

南北朝的时候，北魏有一个名叫元齐的人，他很有才能，屡建功勋。皇帝非常敬重他，封他为河间公。

元齐有一个儿子叫元志。他聪慧过人，饱读诗书，是一个有才华但又很骄傲的年轻人。孝文帝很赏识他，任命他为洛阳令。

不久以后，孝文帝采纳了御史中尉李彪的建议，把都城从山西平城（今山西大同市东）搬迁到洛阳。这样一来，洛阳令成了"京兆尹"（官名，相当于今日首都的市长）。

在洛阳，元志仗着自己的才能，对朝廷中某些学问不高的达官贵族，很不放在眼里。有一次，元志出外游玩，正巧李彪的马车从对面飞快地驶来。照理，元志官职比李彪小，应该给李彪让路，但他一向看不起李彪，偏不让路。李彪见他这样目中无人，当众责问元志："我是御史中尉，官职比你大多了，你为什么不给我让路？"元志并不买李彪的账，说："我是洛阳的地方官，你在我眼中，不过是一个洛阳的住户，哪里有地方官给住户让路的道理呢？"他们两个互不相让，争吵了起来。于是他们到孝文帝那里评理。李彪说，他是"御史中尉"，洛阳的一个地方官怎敢同他对抗，不肯让道。元志说，他是国都所在地的长官，住在洛阳的人都编在他主管的户籍里，不能像普通的地方官一样向一个御史中尉让道。

孝文帝听了他们的争论，觉得他们各有各的道理，不能训斥他们中的任何一个，便笑着说："洛阳是我的京城。我认为你们可以分开走，各走各的，不就行了吗？"

负隅顽抗

释　义

负：依靠。隅（yú）：山势险要的地方。背靠险要的地势顽固抵抗。比喻依仗某种条件顽固抵抗。

❋　　　❋　　　❋　　　❋　　　❋

战国时，有一年齐国发生了饥荒，许多人饿死了。孟子的弟子陈臻听到这个消息后，急忙来找老师，心情沉重地说："老师，您听说了吗？齐国闹饥荒，许多人饿死了。大家都以为老师您会再次劝说齐王，请他打开棠地的谷仓救济百姓。我看不能再这样做了吧。"孟子回答说："再这样做，我就成为冯妇了。"接着，孟子向陈臻讲述了有关冯妇的故事。冯妇是晋国的猎手，善于和老虎搏斗。后来她成为善人，发誓不再打虎了，她的名字也几乎被人们忘掉。

有一年，某座山里出现了一只猛虎，常常伤害行人。几个年轻猎人联合起来去打虎，他们把老虎追至山的深处，老虎背靠着一个山势弯曲险要的地方，面向众人。它瞪圆了眼睛吼叫，没有人敢上前去捕捉。就在这时，冯妇坐车路过这儿。猎手们见了她，都快步上前迎接，请她帮助打虎。冯妇下了车，挽起袖子与老虎搏斗起来，经过一场拼搏，终于打死了猛虎，为民除了害。年轻的猎手们高兴地谢她，可是一些读书人却讥笑她不遵守誓言。

赴汤蹈火

释　义

赴：走向。汤：滚水。蹈：踏。即使滚烫的水，炽热的火，也敢于践踏。形容不畏艰险，奋不顾身，勇往向前。

✲　　　✲　　　✲　　　✲　　　✲

嵇康，字叔夜，谯国铚（zhì）（今安徽宿县西）人。他曾与山巨源（山涛）等七人一起游于山林，被称为"竹林七贤"。司马氏专权后，嵇康不满司马氏的统治，隐居山阳。而山巨源后来在司马氏朝廷中做了官，嵇康从此看不起他。山巨源由吏部侍郎升散骑常侍时，想请嵇康出来代理他原来的吏部侍郎官职，被嵇康严词拒绝了。

不久，山巨源收到了门人递上的一封信。拆开一看，是嵇康给自己的一封绝交信。他迫不及待地看了下去。在信中嵇康列举老子、庄子、柳下惠、东方朔、孔子等先圣，说自己"志气可托，不可夺也"。接着又写到自己倾慕尚子平、台孝威（后汉隐士），不涉经学，淡泊名利。他在信中表示蔑视虚伪的礼教，公然对抗朝廷的法制。他以禽鹿作比，鹿很少见有被驯服的，大的如果羁绊、束缚它，那它必定狂躁不安，即使滚烫的水、炽热的火也敢于践踏；哪怕是用金的马嚼子来装饰它，拿佳肴来喂它，它还是思念树林、向往草地的。嵇康用这个比喻表达了坚决不在司马氏政权中任职的决心。由于嵇康时常发表一些讥刺朝政和世俗的言论，司马氏统治集团对他十分嫉恨。

景元三年（公元262年），曾经受到嵇康奚落的司隶校尉钟会，以言论放荡、毁谤朝廷等罪名对嵇康横加诬陷。嵇康被司马昭下令逮捕入狱，不久便被杀害。

覆水难收

释 义

倒在地上的水不能收回。原指夫妻关系破裂，难以弥合。现也比喻事已定局，不可挽回。

❋   ❋   ❋   ❋   ❋

姜尚，字子牙，人称姜太公。东海上（今安徽省临泉县姜寨镇）人。据说祖先在舜时为"四岳"之一，曾帮助大禹治水立过功。因先祖封于吕，他又名吕尚。他辅佐周文王、周武王攻灭商朝建立周朝，立了大功。后来封在齐，是春秋时齐国的始祖，是个足智多谋的人物。

姜太公曾在商朝当过官，因为不满纣王的残暴统治，毅然辞去官职，隐居在陕西渭水边一个比较偏僻的地方。为了取得周族的领袖姬昌（即周文王）的重用，他经常在水边用不挂鱼饵的直钩，装模作样地钓鱼。

姜太公整天钓鱼，家里的生计自然发生了问题。他的妻子马氏嫌贫爱富，不愿再和他过苦日子，要离开他。姜太公一再劝说她别这样做，并说有朝一日他定会得到富贵。但马氏认为他在说空话骗她，无论如何也不相信。姜太公无可奈何，只好让她离去。

后来，姜太公终于取得周文王的信任和重用，又帮助周武王联合各诸侯攻灭商朝，建立西周王朝。马氏见他又富贵又有地位，懊悔当初离开了他，便找到姜太公请求与他恢复夫妻关系。

姜太公已看透了马氏的为人，不想和她恢复夫妻关系，便把一壶水倒在地上，叫马氏把水收起来。

马氏赶紧趴在地上去取水，但只能收到一些泥浆。于是姜太公冷冷地对她说："你已离我而去，就不能再合在一块儿。这好比倒在地上的水，难以再收回来了！"

改过自新

释　义

　　自新：自己重新做人。表示改正错误，重新做人。

＊　　＊　　＊　　＊　　＊

淳于意，西汉著名的医学家，曾拜公孙光、公乘阳庆为师，学黄帝、扁鹊的脉书、药论等书，精于望、闻、问、切四诊。因为他曾经当过主掌齐国国家仓库的太仓长，所以人们尊称他为"仓公"。

淳于意年轻时就喜好医术。他拜一个名叫公孙光的医生为师，虚心求教。后来，他又向公孙光异父同母的兄弟公乘阳庆学医。公乘阳庆让淳于意把从前学的医方全部抛开，然后把自己掌管的秘方全给了他，并传授他古代的脉书，以及各种诊病的方法。

淳于意学了两年后为人治病，常常是药到病除，因此很快成为名医。但他喜欢到处游历，一些权贵派人请他去当侍医，他怕行动受到束缚，一一予以谢绝。为此，他还曾隐藏行踪，时常迁移户籍，甚至不置家产。这样就难免得罪权贵。他在当太仓长的时候，被人告发入狱。

公元前167年，淳于意被判肉刑（一种在脸上刺字、割鼻或砍足的酷刑）。按照规定，他要被送到京都长安去受刑。

经受肉刑是一种极为痛苦的凌辱。临行时，淳于意的五个女儿号啕大哭。在这种难受的境遇下，淳于意怒骂道："可惜我生女不生男，急难临头，没有一个人能帮助我！"年纪最小的女儿缇萦听了父亲的话，既悲痛又不服。她认为女孩子也能像男孩子一样把父亲从危难中解救出来。于是，她毅然跟随父亲一起进京。

到达长安后，缇萦向朝廷上书说："我父亲在齐国当太仓长的时候，百姓都称赞他廉洁公正。现在犯了法要受刑罚，我心里非常悲痛。人被处死了不能再生，受刑致残后也不能再复原。即使想改正错误、重新做人，也无路可行，不能如愿。我情愿自己投入官府做奴婢，来代替父亲赎罪，使父亲能有改正错误、重新做人的机会。"

缇萦的上书情真意切，悲辛感人。汉文帝看了她的上书后，被她孝敬父亲并自愿替父受罚的精神所感动，终于下诏赦免淳于意，并在这一年废除了肉刑。

缇萦这一勇敢的行为，不仅使淳于意免除肉刑，而且使他得以重操旧业，潜心研究医学，成为一代名医。

高屋建瓴

释 义

建：倒水，泼水。瓴（líng）：盛水的瓶子。在高屋顶上往下倒瓶子里的水。形容处于居高临下的形势，发展迅速，毫无阻碍。比喻迅猛的、不可阻挡的形势。

✿　　　✿　　　✿　　　✿　　　✿

刘邦当上皇帝的第二年，有人向他报告楚王韩信正在密谋造反。于是，他急忙召集近臣商议对策。

陈平替刘邦出了个主意，让刘邦假装到云梦泽去巡视，并在陈地会见诸侯。陈是楚的西界，韩信得到消息，一定会在陈地迎接的。那时就可以轻易地捉到他了。

刘邦按照陈平的计策，果然没费什么劲就把韩信捉住了。刘邦非常高兴，当天颁了大赦令。田肯乘着道贺的机会，对刘邦说："很高兴您捉住了韩信，又在关中建都。关中地形险固，胜于他国；土地广阔，有千里之远；兵员众多，占天下百分之二十。由于地势的优势，如果派兵去攻打诸侯，真好比是站在高屋顶上倾倒瓶里的水，由上向下，不可阻挡。"

出口成章的成语故事

功亏一篑

释 义

功：有成效的事。亏：缺少。篑（kuì）：装土的筐。堆九仞高的土山，因差一筐土而未能完成。比喻一件事或一个计划眼看就要成功了，却因只差最后一点而不能完成。

❋　　　❋　　　❋　　　❋　　　❋

曾经辅佐周武王攻灭商纣、建立西周王朝的召公，对武王说："玩物这东西是谈不上贵贱的，关键在于德行。无德，物不值钱；有德，物才显得贵重。盛德要靠自己修养，圣主不可以沉浸在声色之中。把人当做玩物加以戏弄，会丧失德行；把稀罕物件当做玩物加以赏玩，会丧失志气。这就是'玩人丧德'、'玩物丧志'。犬马这类东西不是本地所生，不应该养它；珍禽异兽没有什么用途，也不应该养它；远来的珍宝不要那么稀罕它，不贪别人的东西，人家才会尊敬你。""现在最要紧的是珍爱贤人，这是国家安稳的根本大计。君主应该随时积累德行，从早到晚都要想着德行，不能忽视细微的行为。大德都是小德积累而来的。比如堆一座九仞高的土山，只缺少一筐土没有加上去，山就没有堆成。您是一个圣君，如果从这些方面加以注意，就可以世世代代稳坐天下。"

苟延残喘

释 义

苟延：勉强延续。残喘：临死前的喘息。原指勉强延续临死
前的喘息。后来比喻勉强维持一线生命。

❋　　❋　　❋　　❋　　❋

春秋后期，晋国的大夫赵简子有一次在中山举行大规模的狩猎。负责打猎的官员在前面开道，追逐禽兽的鹰犬在后面紧跟着，许许多多的飞鸟猛兽都被射死了。

突然，有一只狼直立在路当中号叫着。赵简子见了，猛射一箭。狼中箭后痛得哀哀直叫，拼命逃走。赵简子马上驱车追赶。

这时，有个叫东郭先生的人正往北走，想到中山去谋求官职。他赶着一头驴子，驴背上驮着一大袋书，一大清早就迷失了路途。突然，跑来了一只狼，伸头看着他，说："从前毛宝曾买一只乌龟放生，后来他在战争中投江逃命，乌龟载他过江；还有一个隋侯，救活了一条蛇，后来那蛇就衔一颗名贵的珠子报答他。要知道，龟和蛇的灵性总比不上狼的啊！今天这种情况，你为什么不让我快点躲进你的书袋里，好让我勉强维持一线生命呢？将来我有了出头的日子，想到你先生今番救命的恩情，一定尽心竭力，像龟和蛇那样报答你！"东郭先生心慈手软，经不住狼的苦苦哀求，就倒出图书，腾空袋子，慢慢地把狼装了进去。然后拴紧袋口，扛起来放在驴背上，再避到路边，等待赵简子一行人经过。

过了一会儿，赵简子的人马赶到，向东郭先生询问狼的下落。东郭先生推说不知道，骗走了赵简子等人。

东郭先生等赵简子一行人走得看不见影子了，才把狼从袋里放出来。不料狼出袋后，吼叫着对东郭先生说："刚才我被打猎的人赶得好苦，幸亏先生救了我。可是如今我肚子饿极了，先生为什么不把身体送给我吃，让我可以保全这条小小的性命呢？"说罢，狼张牙舞爪地向东郭先生扑去。

在这危急关头，来了一位农夫。农夫设计将恶狼骗入口袋，然后将它打死，为民除掉一害。

孤注一掷

释 义

孤注：把所有的钱都作为赌注。掷：指赌钱时掷骰子。赌徒拿出所有的钱做赌注作最后一搏，希望最终能赢。比喻在危急时投入全部力量。

❊　　　❊　　　❊　　　❊　　　❊

寇准，字平仲。华州下邽（今陕西渭南）人。北宋政治家、诗人。他与宋初山林诗人潘阆、魏野、"九僧"等为友。真宗时，为宰相，他经常为皇帝出一些好的主意。有一次，北方的辽国突然发兵侵犯中原，剽（piāo）悍的骑兵一路势如破竹，很快就打到了澶州（今河南省濮阳县西）。

宋真宗得到边境的报告，马上召集全体文武大臣商议对策。宰相寇准认为敌兵声势十分浩大，只有皇帝御驾亲征，才能振奋将士的士气，打败敌兵。真宗听了寇准的话，觉得很有道理，便采纳了他的建议，亲自统率三军前往澶州。宋军由真宗亲自督战，士气十分高昂，果然一举就把辽兵打得落花流水。辽国兵败以后，不得不同宋朝停战议和。

宋真宗班师回京以后，对寇准更为信任和重用了。不料，奸臣王钦若对寇准十分妒忌，他想方设法寻找机会中伤寇准。

有一次，王钦若陪真宗赌钱，故意接连输了好几次，然后把所有的钱都下了注。真宗觉得很奇怪，问他为什么这样，他便对真宗说："陛下，上次我们在澶州和辽兵作战，你不是也曾投入全部力量作最后一博吗？那时寇宰相坚持要你御驾亲征，便是拿你的性命当做赌注一样呀！要是当时我方军事失利，那你不就有生命危险吗？"真宗听了这个拿自己的生命当做赌注的比喻，对寇准马上由信任变为怨恨，立刻就把寇准贬了职，从宰相降为陕州知府。

管中窥豹

释义

窥：从小孔、缝隙或隐蔽处偷看。从竹管里看豹。比喻看到的只是局部而不是全部。

✿　　✿　　✿　　✿　　✿

王羲之，字逸少，祖籍琅玡临沂（今山东），东晋书法家，有书圣之称。历任秘书郎，江州刺史，后为会稽内史，领右将军，人称"王右军"。其子王献之书法亦佳，世人合称"二王"。

王献之年幼时就很聪明伶俐。有一次，他和两个哥哥徽之、操之一起去见宰相谢安。当时，徽之、操之都说了不少家常琐碎的事，而献之只问候一下就不做声了。他们走了以后，有人问谢安三个孩子中哪个较好。谢安说："最小的一个较好。"有人问谢安为什么，谢安说献之说话不多，但并不腼腆，所以说他好。

又有一次，献之和徽之在房中谈话，突然发生火警，徽之吓得连鞋也没穿就急忙往外跑，献之却一点也不惊慌，很镇静地慢慢地走出去。

另有一天晚上，一个小偷潜入他的卧室，把所有能偷的东西都偷了。小偷正要走，献之低沉地喝道："小偷，青毯是我家的旧东西，留下吧！"吓得小偷什么东西都没拿就跑了。有一天，他父亲的几个学生在一起玩一种赌博游戏，年仅几岁的献之在一旁瞧着，看出了胜负，便对其中一方说："你这方赢不了啦！"那些学生们见他年纪这么小，竟也看出了胜负的道理，便取笑他说："这小孩从竹管的小孔里看豹，有时也看到了豹子身上的一处斑纹哩！"意思是虽不全懂，也知道一点。

邯郸学步

释 义

邯郸：战国时赵国都城。步：迈步走路。到邯郸去学走路的步法。比喻模仿别人不得法，反而把自己原有的本领也忘掉了。也比喻照搬别人的一套，出乖露丑。

燕国寿陵有个少年，听说赵国都城邯郸的人走路的步法非常优美，便不顾路途遥远，特地到邯郸去学步法。

少年到了邯郸，见那里人走路的步法确实与寿陵的不一样，并且比寿陵的要优美得多。他觉得不虚此行，打算好好地学。

开始他只是看人家怎样走，回到住处凭记忆学着走。后来他觉得这样容易遗忘，便跟在人家后面模仿着走。但不知为什么，他总觉得学不像。

他想来想去，觉得是自己太习惯原来的步法。于是重起炉灶，完全放弃原来的步法，照邯郸人的步法走路。

不料，这一来更糟糕了。他走路时要考虑的因素太多：既要注意手脚如何移动，又要注意上身如何摆动，甚至还要计算移动的距离和摆动的幅度。结果，每走一步都弄得满头大汗、紧张万分。

少年学得辛苦万分。最后，连原来怎样走路的步法也忘记了，不得不爬回寿陵去。

涸辙之鲋

释　义

涸（hé）：干。辙：车辙。鲋（fù）：鲫鱼。处于干涸的车辙中的鲫鱼。比喻身处困境、亟待援助的人。

❀　　　❀　　　❀　　　❀　　　❀

庄子，名周，字子休，后人称之为"华南真人"，战国时期宋蒙国（今安徽省蒙城县，又说河南省商丘县）人。著名的思想家、哲学家、文学家，道家学派的代表人物，老子哲学思想的继承者和发展者。

庄子家里清贫，有一次去找监河侯借米，监河侯说："好啊，等我收了租地的租钱，就借给你三百金，可以吗？"

庄周生气地说："我昨天来时，在路上听见救命声。我四处张望，原来是车辙里的一条鲋鱼。我问它：'鲋鱼啊！你怎么啦？'它说：'我从东海被冲到这里。您能给我一升水救我吗？'我说：'好呀。我去南方劝说吴王和越王，引来西江水欢迎你，可以吗？'鲋鱼生气地说：'我失去了正常生活下去的环境。我只要有一升水就可以活命，您要是这么说，还不如趁早到干鱼店里来找我！'"

这个故事实际也告诉我们，当有人求助时，要诚心诚意尽自己的所能去为他解决困难，决不能"因善小而不为"，只是许下空头支票。有时是人命关天的事，错过时机，懊悔终生。

鸿鹄之志

引领青少年成长的必读故事丛书

释 义

鸿鹄：天鹅。指天鹅一举千里的壮志。后世用来比喻一个人有远大的志向和抱负。

❁　　❁　　❁　　❁　　❁

陈胜，字涉，阳城（今河南登封）人。领导了我国历史上第一次大规模的农民战争。

秦朝末年，老百姓深受压迫和剥削。农民被迫交纳收获物三分之二的赋税，还要被征去建造宫殿坟墓，修筑长城，镇守边境地区。

秦朝的法律很残酷，往往一人犯罪处死，亲戚朋友都要受牵连。百姓处于水深火热之中。

陈胜看到秦朝暴虐无道，穷人吃尽了苦头，逐渐产生了反抗压迫的思想，决心改变这种现状。

一天，陈胜和一些雇工一起在地里干活。休息时，雇工们谈起目前过的苦日子，都非常愤恨，但又认为无可奈何。陈胜听了，连声叹气。过了一会儿，他对大家说："今后假使谁能够富贵，谁也不要忘记谁！"雇工们都笑着说："你也是受人雇用的种田人，哪里来的富贵啊？"陈胜又叹了一口气，说："唉！燕子和麻雀怎么能知道鸿鹄的志向呢？"陈胜这话的意思是目光短浅的人，怎么能知道有远大抱负的人的志向呢？

雇工们听了，都哈哈大笑起来。他们中当然谁也没有想到，后来陈胜在大泽乡发动起义，成了中国历史上第一次农民大起义的领袖。

怙恶不悛

释　义

怙（hù）：依靠，坚持。悛（quān）：改过，悔改。坚持作恶，不肯悔改。

✽　　　✽　　　✽　　　✽　　　✽

公元前743年，十四岁的寤生继任郑国国君，史称郑庄公。过了三年，卫国联合宋、陈等国进攻郑国。为了离间卫国的盟国陈国，庄公派使者到陈国去要求和好，并希望结成联盟。

不料，陈桓公瞧不起郑庄公，不愿与郑国结盟。他的弟弟五父劝谏说："对邻国亲近、仁爱和友善，是立国的根本。您应该考虑到这些，答应郑国的要求。"但是，桓公没有听从五父的劝告，反驳说："宋国和卫国都是大国，它们才是我们陈国难以对付的。郑国有什么作为，能把我们陈国怎样！"庄公得知桓公拒绝与自己结盟，勃然大怒，决定给他点颜色看看。公元前717年，他率领大军攻伐陈国。桓公仓促率军应战，结果大败。

后来，史学家对上面这段历史发表评论说："友善不可丢失，罪恶不能滋长。"这是针对陈桓公说的，一直做罪恶的事而不改过，最后一定会自食其果。

画饼充饥

释　义

画个饼子来解饿。本比喻徒有虚名而无实用价值。后比喻用空想来安慰自己。

✿　　　✿　　　✿　　　✿　　　✿

三国时魏国的大臣卢毓，十岁时就父母双亡，两位兄长又先后去世，他成了孤儿。但他奋发读书，终于成为很有才学的人。卢毓当官清正廉洁，很快又被提升为侍中，在皇帝左右侍奉。过了三年，被提升为中书郎，掌管机要、政令等事宜。后来，又被任命为吏部尚书，负责管理全国官吏的任免、升降、调动等事务。

卢毓升任吏部尚书后，需要选人来担任中书郎一职。魏文帝要卢毓选好这个官员，并对他说："这次选拔中书郎，能否选到合适的人，关键就看你了。挑选人才，千万不要选那些只有名气而没有实际才干的人。名气就像是在地上画的饼，不能充饥的。"卢毓有些不同的意见，他说："陛下说得很对。要选拔特别优秀的人才，不能单看名气。但是臣以为，名气毕竟能反映一定的实际情况。根据名气来选拔一般的人才，还是可以的。如果是修养高、德行好而又有名气的，就不应该嫌弃他们。为此，陛下也不要一听是有名气的就讨厌。臣建议主要应对他们考核，看他们是否有真才实学。"魏文帝觉得卢毓讲的话比较中肯，于是下令制定官员考核法。

画虎类犬

释　义

类：类似，好像。画虎不成功反而画得像狗了。比喻模仿的效果很坏，弄得不伦不类；从事非力所能及的事情而一无所成。也常用来比喻不切实际地追求过高目标，反而弄巧成拙，留下笑柄。

❋　　　❋　　　❋　　　❋　　　❋

马援，字文渊，扶风茂陵（今陕西兴平东北）人，东汉著名军事家，光武帝刘秀手下的名将之一。他志向远人，英勇善战，为东汉王朝的建立，立下了不少战功，被光武帝封为"伏波将军"。

马援平常对子侄辈的教育十分严格，他希望他们将来都能成为有用的人才。甚至在他随军出征时，也不断地关心他们。

　　马援有两个侄子，一个叫马严，另一个叫马敦。马严和马敦都喜欢讥讽和议论别人，并喜欢和侠客交游。马援在军中得知这一情况后，就写了一封信去教育他们。这就是著名的《诫兄子严敦书》。

　　在这封信中，马援教育他们说：

　　"我希望你们在听到有人议论别人的过失时，能够像听到议论自己父母那样，只可以用耳朵听，而不要去参加议论。

　　我一生最反对议论别人的长短。山都长龙伯高是一个厚道谨慎、说话很有分寸、恭谦节俭、廉明公正的人，虽然他的职位不高，但我很尊敬他，他很值得你们学习。

　　越骑司马杜季良为人豪侠，好讲义气，能够和别人同忧共乐，不论好人坏人，都能和他交朋友。他替他父亲办丧事时，宾客如云，良莠皆有。我虽然也很尊敬他，但我认为他不是你们仿效的好对象。

　　你们如向龙伯高学，即使学不成，就好像刻鹄不成，还可以刻出一只鹜来，样子还差不多；但如果你们学杜季良，如果学不成，就会成为轻浮浪荡的人，那就像画一只老虎，如果画不成老虎，就只能画得像只狗了。"

黄粱一梦

释　义

　　比喻虚幻不实的事和欲望的破灭就像做了一个享尽荣华富贵的美梦一样，醒来终成泡影。

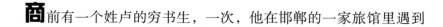

　　商前有一个姓卢的穷书生，一次，他在邯郸的一家旅馆里遇到

了道士吕翁。他对吕翁大倒苦水，说自己的一生如何的穷困潦倒。吕翁便从袖子里取出一个枕头让他枕在头下。吕翁说话的时候，旅店主人正在煮黄粱饭，而卢生因为旅途辛苦，确实很累，便糊里糊涂地倒在吕翁给他的枕头上睡着了。

不久，他便进入了梦乡，梦见自己来到一个不知名的地方，娶了当地一位年轻美貌、善良温顺的崔姓女子为妻。那个女子不但家境富有，贤淑能干，帮助他踏上了仕途，而且还替他生了几个子女。

后来，他的儿女都长大了，娶亲的娶亲，嫁人的嫁人，每个人都生活得非常舒适优裕。而卢生也一帆风顺，一直升到宰相的高位。

又过了若干年，儿女们给他添了孙子外孙，他便闲居在家里享福，做起老太爷来。由于他生活安逸而心情愉快，加上家里的生活条件非常好，所以他一直活到八十多岁才安然死去。

当他从梦中醒来的时候，嘴角边还挂着满足的微笑。可等他睁开眼睛一看，原来自己仍住在旅店的小房间中，刚才那些荣华富贵只是短暂的一场美梦罢了。甚至店主人煮的黄粱饭，也还没有煮熟呢。

卢生不由惆怅、失望极了。吕翁拍拍他的肩膀，安慰他说："老弟，其实人生的荣华富贵，说穿了也不过是一场短促的梦罢了，人世的得失不过是过眼烟云，你何必如此想不开呢！"

击楫中流

释　义

楫：桨。中流：河流的中央。指船到了河流的中央，兴趣起楫叩击船舷。喻指收复失地、报效国家的雄心壮志。

公元 311 年，匈奴贵族刘曜（yào）率军攻陷了晋朝的都城洛阳（今属河南），晋怀帝仓皇出逃。结果，半路被刘曜的骑兵抓住，当了俘虏。

这个消息传到南方后，引起了许多爱国志士的强烈愤慨。有位名叫祖逖（tì）的将领，更是义愤填膺，强烈要求出兵北伐，收复中原。

祖逖，字士稚，范阳遒县（今河北涞水北）人。西晋末年，他率领数百户族人渡过黄河，南迁到淮河流域，后来抵达京口（今江苏镇江）。当时，晋朝在北方大势已去，但驻守在建业（今江苏南京）的琅琊王司马睿手中还有一些兵力。他任命祖逖为军事顾问官。祖逖几次向他请兵北伐，他都置之不理。这次怀帝被俘，祖逖再也忍不下去了，便特地到建业，强烈要求司马睿发兵北伐，奋击戎狄（指外族统治集团），把受苦的百姓解救出来。司马睿想保存自己的力量，无意出战，因而沉默不言。于是祖逖再次请命道："大王如能下令出兵，并派我去收复中原，那里的百姓一定会望风响应！"司马睿没理由拒绝，便封他为奋威将军、豫州刺史，拨给一千人的粮饷和三千匹布，其余全让祖逖自己去筹集解决。

祖逖知道司马睿只是表面上支持他北伐，但他仍然不改志向。他马上返回京口，率领一百多户族人，渡过长江北去。

船到中流，祖逖望着滚滚东去的江水，举起船楫，叩击着船舷，激昂地起誓道："我祖逖这回如不能收复中原，就像这大江之水，有去无回！"祖逖率领族人过江后，一面招兵买马，一面打造武器，使队伍迅速扩大。后来挥师北上，终于收复了黄河以南的大部分地区。

鸡鸣狗盗

　　学雄鸡啼叫，装狗进行偷盗。后来比喻微不足道的技能，也指有这类技能的人或不正当的小伎俩。

❋　　❋　　❋　　❋　　❋

　　孟尝君，名文，战国四公子之一。齐国宗室大臣，因为广招宾客，门下有食客三千而闻名。

　　秦昭王仰慕孟尝君的名，请他到秦国去。孟尝君带了许多门客前往，并献给秦王许多礼物。其中最珍贵的，是一件天下无双的白狐裘。秦王非常高兴，吩咐手下好好收藏起来。不久秦王拜孟尝君为相国。但后来听了一些大臣的话，又觉得他是齐国贵族，任用他对秦国不利；而放他回国，则担心他已掌握了秦国的情况，考虑再三后，下令先把他软禁起来。

　　孟尝君不清楚秦王这样做的意图。秦王的弟弟泾阳君秘密地告诉他，又建议孟尝君买通秦王宠爱的燕姬，让她在秦王面前说好话，争取释放回国。

　　孟尝君取出一对上好的白璧，请泾阳君赠给燕姬，让她在秦王面前为自己说好话。不料，燕姬不要白璧，而要白狐裘。只有得到白狐裘，才肯向秦王求情。

　　白狐裘只有一件，并且已献给秦王，孟尝君与门客商量怎么办，大家一筹莫展。后来，有个坐在末位的门客说："我潜进宫去，把早先献给秦王的那件白狐裘偷出来！""你准备用什么办法去偷呢？"孟尝君问。

"我打算装扮成一条狗去偷！"孟尝君急于获救，马上同意了。当夜，这门客从狗洞里钻进宫内，终于偷到了白狐裘。燕姬得到白狐裘后，马上说服秦王签发了过关的凭证，释放了孟尝君。

孟尝君怕秦王反悔，一拿到过关凭证，马上带了门客离开秦都。来到边境的函谷关时，因天还未亮，城门紧闭。按照规定，必须等鸡鸣才能开门。

这时，又有个居于末位的门客捏着脖子，发出鸡鸣的声音。连续的叫声，引得附近公鸡都啼叫起来。守关士兵听到鸡鸣声，以为天快亮了，验看了凭证，就开城门放孟尝君一行出去。

秦王果然反悔，派人迅速追赶。但追到函谷关时，孟尝君等早已出关了。

渐入佳境

释　义

渐：逐渐。逐渐进入佳美的境地。比喻兴味逐渐浓厚或境况逐渐好转。

❋　　　❋　　　❋　　　❋　　　❋

顾恺之，字长康，小名叫虎头，晋陵无锡（今属江苏）人。他多才多艺，不但诗赋写得好，而且字也写得很漂亮。他特别擅长的是绘画，是东晋时期的著名画家，人们称他为"三绝"（才绝、画绝、痴绝）。

他年轻的时候，曾经做过大司马桓温的参军。那时，东晋地方割据十分严重。桓温主张国家统一，常常率领部队去讨伐那些割据势力。顾恺之也随桓温南征北战了许多年。桓温很看重他，两人结下了深厚的友谊。

有一次，顾恺之随桓温乘船到江陵去视察部队。到江陵的第二天，江陵的官员前来拜见，并送来了很多捆当地的特产甘蔗。桓温见了十分高兴，吩咐大家一起尝尝。于是大家都拿着吃了起来，纷纷称赞甘蔗味道很甜。

这时，顾恺之正独自欣赏江景，没有去拿甘蔗。桓温见了，故意挑了一根长长的甘蔗，走到顾恺之跟前，把甘蔗末梢的一段塞到他手里。顾恺之看也不看，竟自啃了起来。

桓温又故意问顾恺之甘蔗甜不甜，旁边的人也一起嬉笑着问他。顾恺之这时才发现自己正啃甘蔗的末梢，便知道大家为什么嬉笑。他灵机一动说："你们笑什么？吃甘蔗，就应该从末梢吃起，这样，越吃越甜，叫做'渐入佳境'！"大家听了，一起哈哈大笑起来。据史书记载，后来，顾恺之每次吃甘蔗时，便都从末梢吃起，也有很多人渐渐仿效他的吃法！

其实，顾恺之是因为欣赏江景而忘情，但他善于应对，说得好像真的一样，并津津有味地从甘蔗末梢吃了起来，似乎真的越吃越甜一样。

狡兔三窟

释 义

狡：狡猾。窟：洞穴。狡猾的兔子有三个洞穴。原来比喻有多处藏身之地，或有多种策略以便逃避灾祸。现在一般用来表示留有余地，具有多种应变能力。

※　　　※　　　※　　　※　　　※

齐国相国孟尝君的门下，有个名叫冯谖（xuān）的食客。一次，他奉命到孟尝君的封地薛去收债。临行时，他问孟尝君收完债买些什么回来。孟尝君说家里缺什么就买什么。冯谖到薛地后，假借孟尝君的命令，将债契全都烧了。借债的百姓对孟尝君感激涕零，齐呼万岁。冯谖回来后，孟尝君问他债收齐了没有，买了些什么回来。冯谖说，他见相国家什么都不缺，就缺一个义字，因此以相国的名义将债契全烧了，把"义"买了回来。孟尝君听了不太高兴，但也无可奈何。

一年后，孟尝君被罢免，只好回到薛地去。离薛地还有一百多里路，百姓就扶老携幼前来迎接。孟尝君这才看到了冯谖给他买的珍贵的"义"，非常感谢冯谖。但冯谖对他说："狡猾的兔子有三个洞穴，但这仅仅使它免于被猎人打死，被猛兽咬死。如今您只有一个洞穴，还不能垫高枕头，安稳睡觉。"在孟尝君的要求下，冯谖表示愿意再为他凿两个洞穴。于是冯谖来到魏国，在魏王面前说孟尝君的好话。魏王马上派使臣携带许多财物和马车去齐国，聘请孟尝君来魏国当相国。

冯谖又赶在使臣之前回到薛地，告诫孟尝君不要接受聘请。魏国使者如此往返三次，孟尝君还是拒绝接受聘请。齐王得知后，赶紧恢复了孟尝君相国的职位，并向他谢罪。这样，冯谖为他凿成了第二个窟。

之后，冯谖又建议孟尝君借机要求齐王赐给自己先王的祭器，在薛地建造宗庙供奉。这样一来，齐王就会派兵来保护，使薛地不受他国侵袭。齐王答应了。等宗庙建成，冯谖对孟尝君说："三窟已成，现在您可以高枕为乐了！"

矫枉过正

释 义

矫：使弯的变直。枉：弯曲。指矫正弯曲的东西，超越了限度，反而又弯向了另一面。比喻纠正错误和偏向却超越了限度。

❋　　　❋　　　❋　　　❋　　　❋

公元前206年，秦朝被刘邦领导的起义军所灭。刘邦建立西汉王朝后，认为秦王朝所以灭亡，是因为没有分封诸侯，造成处境孤立。于是，他决定改变这种局面，恢复分封制。刘邦设立王、侯两级爵位，大封功臣。后来，异姓诸侯王纷纷叛乱。刘邦于是消灭了异姓诸侯，而大力分封同姓王。这些同姓诸侯王倚仗与皇帝同宗，骄横跋扈，为所欲为，甚至想夺取皇帝大权。文帝时发生济北、淮南两王谋反，景帝时又发生吴楚七国之乱。景帝镇压了吴楚七国叛乱后，下令把诸侯王任免官吏的权力收归朝廷，王国的行政由朝廷任命官吏处理，以巩固中央集权。汉武帝执政后，又颁布"推恩令"，使诸侯王可以分封子弟为侯。从此，各王国分成若干小的封地，势力不断削弱，名存实亡。

东汉史学家班固在撰写《汉书·诸侯王表序》时，对此评论说：西汉初年恢复分封，大的诸侯王国跨州兼郡，拥有几十座城池，宫室百官的制度同京都的朝廷一样，真可说是矫正弯曲的东西超过了限度，结果弯向了另一方。

结草衔环

释 义

比喻感恩报德，至死不忘。

✳　　✳　　✳　　✳　　✳

知恩图报、滴水之恩当涌泉相报；感恩报德、至死不忘，一直被认为是中华民族引以为傲的传统美德。

"结草"的典故见于《左传·宣公十五年》。公元前594年秋七月，秦桓公出兵伐晋，晋军和秦兵在晋地辅氏（今陕西大荔县）交战。晋将魏颗与秦将杜回相遇，二人厮杀在一起。正在难分难解之际，魏颗突然见一老人用草编的绳子套住杜回，使这位堂堂的秦国大力士站立不稳摔倒在地，当场被魏颗所俘，使得魏颗在这次战役中大败秦师。

晋军获胜收兵后的当天夜里，魏颗在梦中见到了那位白天为他结绳绊倒杜回的老人。老人说，我就是你把她嫁走而没有让她为你父亲陪葬的那女子的父亲。我今天这样做是为了报答你的大恩大德！

原来，晋国大夫魏武子有位无儿子的爱妾。魏武子刚生病的时候嘱咐儿子魏颗说："我死之后，你一定要把她嫁出去。"不久魏武子病重，又对魏颗说："我死之后，一定要让她为我殉葬。"等到魏武子死后，魏颗没有把那爱妾杀死陪葬，而是把她嫁给了别人。魏颗说："人在病重的时候，神志是昏乱不清的，我嫁此女，是依据父亲神志清醒时的吩咐。"

"衔环"典故则见于《后汉书·杨震传》中的注引《续齐谐记》。杨震父亲杨宝九岁时，在华阴山北，见一黄雀被老鹰所伤，坠落在树下，为蝼蚁所困。杨宝可怜它，就将它带回家，放在巾箱中，只给它喂饲黄花。百日之后的一天，黄雀羽毛丰满，就飞走了。当夜，有一黄衣童子向杨宝拜谢说："我是西王母的使者，君仁爱救拯，实感成济。"并以白环四枚赠与杨宝，说："它可保佑君的子孙位列三公，为政清廉，处世行事像这玉环一样洁白无瑕。"

果然如黄衣童子所言，杨宝的儿子杨震、孙子杨秉、曾孙杨赐、玄孙杨彪四代官职都官至太尉，而且都刚正不阿，为政清廉，他们的美德为后人所传诵。

后世将"结草""衔环"合在一起，流传至今。

"结草衔环"的故事不仅向我们讲述了成就这美德的两个感人至深的故事，还告诉我们"善有善报"是一亘古不变的天理。

竭泽而渔

释　义

竭泽：把池塘里的水弄干。渔：捕鱼。排尽湖泊或池塘中的水捕鱼。比喻只图眼前利益，没有长远打算，不留余地地进行掠夺式的索取。

❀　　　❀　　　❀　　　❀　　　❀

公元前636年，晋公子重耳回晋国即位，这就是晋文公。当时，曹、卫、陈、蔡、郑等诸侯国都倒向强大的楚国，只有宋国不肯投靠楚国而是投靠了晋国。楚威王很恼怒，命大将子玉统帅三军，包围了宋国的都城商丘。

宋成王赶紧向晋文公求援。晋文公收到宋国的告急文书后，把舅父狐偃召来商议。狐偃认为，救援宋国有利于提高晋国的威望，应该去打这一仗。晋文公说："楚军的兵力超过我晋军的兵力，你看怎样才能取得胜利呢？"狐偃认为讲究礼节的人不厌烦琐，善于打仗的人不厌欺诈。应该用欺诈的方法。晋文公对狐偃提出的方法有疑虑，又把大臣雍季召来，询问他有什么见解。雍季并不赞成狐偃的主意，他比喻说："有个人要捉鱼，把池塘里的水都弄干了，当然能捉到池塘里所有的鱼。可是，明年这池塘里就无鱼可捉了。还有个人要捕捉野兽，把山上的树木都烧光，当然能捕捉到许多野兽。可是，明年这里就没有野兽可捕了。欺诈的方法虽然偶然用一次会取得成功，可是常用就会失灵，这不是长久之计。"

近水楼台先得月

释 义

得：获得。坐落在水边的楼台先得到月光。比喻地处近便而获得优先的机会。也用来比喻由于接近某些人或事物而条件优越，能首先得到好处。

✳　　✳　　✳　　✳　　✳

北宋时，有个著名的政治家和文学家，名叫范仲淹。范仲淹小时候家境贫困，但他勤奋学习，读了很多书。后来，他做过右司谏

（向皇帝提意见的官）、知州（地方行政长官）、参知政事（副宰相）等地位很高的大官。"先天下之忧而忧，后天下之乐而乐"就是他在黄鹤楼题写的千古名句。

范仲淹虽然做着大官，但他为人正直，待人谦和，还特别善于使用人才。范仲淹在杭州做知府的时候，城中的文武官员大都得到他的关心帮助，在他的推荐下，那些官员们都得到了能发挥自己才干的职务，心里都很感激和崇敬他。只有一个名叫苏麟的巡检官，在杭州所属的外县工作，接近范仲淹的机会很少，所以一直没有被推荐和提拔，心中感到十分遗憾。

一次，苏麟因公事要见范仲淹，乘此机会，他写了一首诗献给范仲淹。诗中有两句是"近水楼台先得月，向阳花木易为春。"意思是靠近水边的楼房最先可以看到月亮，朝着阳光的地方生长的花草树木容易成长开花，显示出春天的景象。苏麟用这两句诗来表达对范仲淹的不满，巧妙地指出那些接近你的人都得到了好处。范仲淹看了心领神会，不禁哈哈大笑。于是，就根据苏麟的意见和希望，为他找到了合适的职位。

精卫填海

释义

原比喻心怀怨恨，立志必报。后比喻意志坚强，不畏艰难，奋斗不止。

传说在上古时代的发鸠山上有许多柘树（桑树）。树上有只小鸟，它的形状像乌鸦，头上有花纹，白色的嘴巴，红色的脚爪。由于它的啼叫声像"精卫！精卫！"因此而得名。

精卫鸟本是炎帝（即神农氏，传说中我国农业和医药的始祖）的小女儿，名叫女娃。她很喜欢玩水，一天到东海去游泳，不幸遇到巨浪，被海水吞没。

女娃死后变成精卫鸟。她从不闲着，每天从西山衔着树枝、石子飞到东海上空，将它们投下去。一天又一天，一月又一月，一年又一年，一直如此。原来，它决心要把东海填平，免得别人也淹死在大海里。

"精卫填海"的故事，反映了上古时代人类对大自然艰难的斗争。由于当时人们抵御大自然的能力非常低下，大海经常吞没人的生命财产，于是产生了填平大海的愿望，精卫鸟正是当时人们征服大海的坚强决心的象征。

举案齐眉

释 义

案：古代端饭用的木盘子。形容妻子敬爱丈夫，或夫妻互敬互爱。

✿   ✿   ✿   ✿   ✿

东汉时，有个名叫梁鸿的穷书生，依靠勤奋进入了当时的最高学府——太学。

梁鸿完成学业后，回到了家乡。乡里人知道他品格高，学问好，这次又从京师回来，都很尊敬他。但他一点也没有太学生的架子，还是像农民一样下地干农活。

这样过了几年，家乡远近的人都知道梁鸿是个有学问的种地人，不少人想把女儿嫁给他，但都被他拒绝了。

县里的孟大爷非常有钱，他为女儿不肯出嫁而烦恼。有一次，孟大爷生气地问道："你已经三十岁了，还这个不嫁，那个不嫁，到底打算怎么办？难道一辈子不嫁人？"女儿回答说："除非像梁鸿那样的人，我才会嫁给他！"孟大爷听了，赶紧托人去向梁鸿传达女儿的心意。梁鸿觉得孟小姐很合适，就央人去求婚，孟家自然马上答应了。

不久，梁鸿便和孟小姐成了亲。可是一连七天，梁鸿却不与新娘子说一句话。孟小姐十分奇怪，猜不透他为什么这样，便跪着对他说："我听说你品格高尚，挑选妻子十分慎重，曾经拒绝过不少说亲的人家。我虽然长得不美，但也谢绝了好多人家。我和你情投意合，才做了夫妻，我也感到很幸运。但是七天了，你却不和我说一句话。我一定是有什么罪过，就向你请罪吧！"梁鸿不能不开口了，他开诚布公地说："我想娶的是吃穿俭朴的妻子，这样才能跟我一块儿种庄稼，过隐居生活。现在你穿的是绫罗绸缎，戴的是金银珠宝，这怎么符合我的意愿呢？"孟小姐明白了丈夫的心思，对他说："我身上穿的是婚礼服。但我知道你的心思。所以早就准备了粗布衣服麻布鞋，你不必为此烦恼。"说完，她退到内室，摘去首饰，换上粗布衣服，挎一只篮子出来。梁鸿见了，高兴地说："这才是我的好妻子！"说罢，他高兴地给妻子起了个名字：孟光。不久，他们搬到了霸陵山中。夫妻俩靠种地和织布过日子，空下来就看看书，写写文章，弹弹琴。没过多久，他俩在霸陵也出了名。于是他们更名换姓，在齐、鲁一带住了一个时期。最后，他们搬到了吴中，故意投奔到富翁皋伯通家里，向他借了一间房子住下来。梁鸿天天出去给人家春米或者种地，孟光在家里纺纱织布。

每天当梁鸿回到家的时候，孟光就托着放有饭菜的盘子，恭恭敬敬地送到梁鸿面前。为了表示对丈夫的尊敬，她不仰视他，并且每次总是把盘子托得跟眉毛平齐，梁鸿也总是很有礼貌地双手接过盘子。一次，皋伯通看到了他俩互敬互爱的情景，知道梁鸿不是平常的庄稼人，就把他一家接到自己家里，并且供给他们吃的和穿的，让梁鸿安心读书做文章。不久梁鸿病死，孟光才带着儿子回到老家去。

开诚布公

释 义

开诚：敞开胸怀，显示诚意。推诚相见，坦白无私。

❋ ❋ ❋ ❋ ❋

诸葛亮，字孔明，号卧龙，琅玡阳都（今山东临沂）人，蜀汉丞相，三国时期杰出的政治家、外交家、发明家、军事家。刘备，字玄德，涿县（今河北涿州）人。三国蜀汉开国皇帝、政治家。

三国时，蜀汉的丞相诸葛亮极得皇帝刘备的信任和重用。刘备临终前，曾将自己的儿子刘禅托付给他，请他帮助刘禅治理天下。并且诚恳地表示，你能辅佐他就辅佐他；如果他不好好听你话，干出危害国家的事来，就推翻他自己做皇帝。

刘备死后，诸葛亮竭尽全力帮助平庸的后主刘禅治理国家。有人劝他晋爵称王，他严词拒绝，并认为自己受先帝委托，已经担任了这么高的官职。如今讨伐曹魏没见什么成效，却要加官晋爵，这样做是不义的。

诸葛亮待人处事公正合理，不徇私情。马谡是他非常看重的一位将军，在攻打曹魏时当前锋。因为违反节制，失守街亭，诸葛亮按照军令状规定，忍痛杀了他。马谡临刑前上书诸葛亮，说自己虽然死去，在九泉之下也没有怨恨。诸葛亮认为自己也要为失守街亭等承担责任，请求后主批准他由丞相降为右将军。他还特地下令，要下属批评他的缺点和错误。这在当时是罕见的。

公元234年，诸葛亮病死于军中。他一生清贫，并无什么产业留给后代。

开天辟地

释 义

开：开发，开拓。辟：开辟。用来比喻前所未有，是有史以来的第一次。

✤　　✤　　✤　　✤　　✤

传说很久很久以前，天地还没有形成，到处是一片混沌。它无边无沿，没有上下左右，也不分东南西北，样子好像一个浑圆的鸡蛋。这浑圆的东西当中，孕育着人类的祖先——盘古。

过了一万八千年，盘古在这浑圆的东西中孕育成熟了。他发现眼前漆黑一团，非常生气，就用自己制造的斧子劈开了这混混沌沌的圆东西。随着一声巨响，圆东西被劈开了，里面的混沌，轻而清的阳气上升，变成了高高的蓝天；重而浊的阴气下沉，变成了广阔的大地。从此，宇宙间就有了天地之分。

盘古出世后，头顶蓝天，脚踏大地，挺立在天地之间。以后，天每日增高一丈，地每日增厚一丈，盘古也每日长高两丈。这样又经过一万八千年，天高得不能再高，地深得不能再深，盘古自己也变成了顶天立地的巨人，像一根柱子一样撑着天和地，使它们不再变成过去的混沌状态。

盘古开天辟地后，天地间只有他一个人。因为天地是他开辟出来的，所以他的情绪有什么变化，天地也跟着发生不同的变化。他高兴的时候，天空晴朗；他发怒的时候，天空阴沉；他哭泣的时候，天空下雨，落到地上汇成江河湖海；他叹气的时候，大地上刮起狂风；他眨眨眼睛，天空出现闪电；他发出鼾声，空中响起隆隆的雷鸣声。

不知经过多少年，盘古死了，他倒下来。他的头部隆起，成为东岳泰山；他的脚朝天，成为西岳华山；他的肚子高挺，成为中岳嵩山；他的两个肩胛，一个成为南岳衡山，另一个成为北岳恒山。至于他的头发和汗毛，全变成了树木和花草。

后来，才有了传说中的远古帝王——三皇，即天皇、地皇和人皇。

克己奉公

释　义

克己：克制、约束自己。奉公：以公事为重。指严格要求自己以公事为重。

祭遵，字弟孙，东汉初年颍阳（今河南许昌）人，东汉大将"云台二十八将之一"。祭遵从小喜欢读书，知书达理，虽然出身豪门，但生活非常俭朴。

公元24年，刘秀攻打颍阳一带，祭遵去投奔他，被刘秀收为门下吏。后随军转战河北，当了军中的执法官，负责军营的法令。任职中，他执法严明，不徇私情，受到了大家的称赞。

有一次，刘秀身边的一个小侍从犯了罪，祭遵查明真相后，依法把这小侍从处以死刑。刘秀知道后十分生气，想祭遵竟敢处罚他身边的人，欲降罪于祭遵。但马上有人来劝谏刘秀说："严明军令，本来就是大王的要求。如今祭遵坚守法令，上下一致，没有任何过错。只有像他这样言行一致，号令三军才有威信啊。"刘秀听了觉得有理。后来非但没有治罪于祭遵，还封他为征虏将军、颍阳侯。

祭遵为人廉洁，为官清正，处事谨慎，常受到刘秀的赏赐，但他将这些赏赐都拿出来分给手下的人。他生活十分俭朴，家中也没有多少私人财产。即使在安排后事时，他仍嘱咐手下的人，不许铺张浪费，只要用牛车装载自己的尸体和棺木，拉到洛阳草草下葬就可以了。

祭遵死后多年，汉光武帝刘秀仍对他严格要求自己以公事为重的精神念念不忘。

口蜜腹剑

释 义

口头上说话好听，像蜜一样甜，肚子里却怀着暗害人的阴谋。形容奸诈之徒的阴险毒辣。

＊　　　＊　　　＊　　　＊　　　＊

李林甫，小字哥奴，唐玄宗李隆基时的著名奸相。擅长音律，没有什么才学，只会随机应变。官居"兵部尚书"兼"中书令"，这是宰相的职位。此人若论才艺倒也不错，能书善画。但若论品德，那是坏透了。他忌才害人，凡才能比他强、声望比他高的人，权势地位和他差不多的人他都不择手段地想方设法给以排斥打击。对唐玄宗，他有一套谄媚奉承的本领。他竭力迁就玄宗，并且采用种种手法，讨好玄宗宠信的妃嫔以及心腹太监，以取得他们的欢心和支持，以便保住自己的地位。李林甫面对别人时，外貌上总是露出一副和蔼可亲的样子，嘴里尽说些动听的"善意"话。但实际上，他的性格非常阴险狡猾，常常暗中害人。

有一次，他装作诚恳的样子对同僚李适之说："华山出产大量黄金，如果能够开采出来，就可大大增加国家的财富。可惜皇上还不知道。"李适之以为这是真话，连忙跑去建议玄宗快点开采。玄宗一听很高兴，立刻把李林甫找来商议，李林甫却说："这件事我早知道了。华山是帝王'风水'集中的地方，怎么可以随便开采呢？别人劝您开采，恐怕是不怀好意。我几次想把这件事告诉您，只是不敢开口。"玄宗被他这番话所打动，认为他真是一位忠君爱国的臣子，认为适之心怀不轨而疏远了适之。

就这样，李林甫凭借这套特殊"本领"，高居相位长达十九年。

后来，宋朝司马光在编《资治通鉴》时评价李林甫，指出他是个嘴上甜，心里狠的狡猾阴险的人，这是很符合实际的。

脍炙人口

释 义

脍（kuài）：细切的肉。炙：烤肉。人人爱吃的美食（烤肉），后用来比喻人人赞美的事物和传诵的诗文。

✽　　✽　　✽　　✽　　✽

春秋时，有父子两人，他们同是孔子的弟子。父亲曾皙爱吃羊枣（一种野生果子，俗名叫牛奶柿）；儿子曾参是个孝子，父亲死后，竟不忍心吃羊枣。这件事情在当时曾被儒家弟子广为传颂。到了战国时，孟子的弟子公孙丑对这件事不能理解，于是就去向老师孟子请教。公孙丑问："老师，脍炙和羊枣，哪一样好吃？""当然是脍炙好吃，没有哪个不爱吃脍炙的！"公孙丑又问："既然脍炙好吃，那么曾参和他父亲也应该都爱吃脍炙了？那曾参为什么不戒吃脍炙，而只戒吃羊枣呢？"孟子回答说："脍炙，是大家都爱吃的；羊枣的滋味虽比不上脍炙，但却是曾皙特别爱吃的。所以曾参只戒吃羊枣。好比对长辈只忌讳叫名字，不忌讳称姓一样，姓有相同的，名字却是自己所独有的。"孟子的一席话，使公孙丑明白了其中的道理。

出口成章的成语故事

67

旷日持久

释　义

旷：耽误，荒废。空废时日，拖延很久。

❋　　　❋　　　❋　　　❋　　　❋

战国时期，有个名叫荣蚠（fén）的人，被燕国封为高阳君，并派他为统帅，带领军队攻打赵国（今河北南部、山西北部一带）。荣蚠能征善战，赵王得到消息后，非常害怕，立即召集大臣商议对策。国相赵胜建议说："齐国的名将田单，善勇多谋。我国割三座城池送给齐国，以此作条件，请田单来帮助我们带领赵军作战，一定可以取得胜利。"但大将赵奢不同意这么做，他说："难道我们赵国就没有大将可以领兵了吗？仗还没有打，就先要割三座城池给齐国，那怎么行啊！我对燕军的情况很熟悉，为什么不派我领兵抵抗呢？"赵奢还进一步分析道："第一，即使田单肯来指挥赵军，我国也不可能一定取胜，也可能敌不过荣蚠，那就是白请他来了。第二，如果田单确实有本领，但他未必肯为我国出力，因为我国强大起来，对他们齐国称霸不是很不利吗？因此，他不可能会为我国的利益而认真地对付燕军。"接着，赵奢又说："田单要是来了他一定会把我们赵国的军队拖在战场上，荒废时间。这样长久地拖下去，几年之后，会把我国的人力、财力、物力消耗殆尽。后果不堪设想！"但是，赵孝成王和国相赵胜还是没有听赵奢的意见，仍然割让三城，聘请齐国的田单来当赵军的统帅。结果，不出所料，赵国陷入了一场得不偿失的消耗战，付出了很大的代价，只夺取了燕国一个小城，却没有获得理想的结果。

劳而无功

释　义

功：功效。花了劳力，却取不到功效。形容白费力气。

✿　　　✿　　　✿　　　✿　　　✿

春秋末年，是奴隶社会向封建社会转化的变革时期，社会的各种矛盾异常尖锐。各诸侯国之间的战争时常发生。孔子作为当时有名的教育家、社会活动家，极力主张以仁义道德来治理国家、恢复过去周朝的礼制。他认为统治者只要用仁义来感化百姓、处理诸侯国之间的关系，恢复礼制，天下就会安宁。为此他曾周游列国，向各诸侯国国君宣传自己的政治主张，并请他们采纳。遗憾的是，他的那些政治主张并不像他的教学见解那样受人敬佩和欢迎，所以他到处碰壁。

一次，孔子带着学生准备到卫国去游说，学生颜回便去问鲁国一个叫太师金的官吏："我的老师孔子到处游说，劝人家接受他的主张，可是到处碰壁。这次去卫国，你看情况会怎样？"太师金摇头说："我看还是不行。现在战乱四起，各国国君为争地盘都在忙于打仗，对你老师的'仁义道德'那一套非常反感，谁会去听那些不合时宜的说教呢？如蔡、陈两国就是如此。如果到卫国去游说，肯定不会有什么好结果。"太师金又举例作进一步解释："船在水里是最好的运输工具，车是陆地上最好的运输工具。如果硬要把船弄到陆地上来运货，那是白费力气。你的老师要去卫国游说，好比是把船弄到陆上去运货一样，其结果必然是花了劳力，却得不到功效，可能还会招灾惹祸。你们不要忘了去陈国的教训，那时你们到陈国不仅没人理睬，而且七天弄不到饭吃吗?"颜回回忆起那次去陈国的情景，不禁有些担心。他回去把此事告诉了老师孔子，孔子也深有感触。但是他还是决定去卫国。结果，依然是碰壁而归。

老生常谈

释 义

老书生常翻来覆去讲的平凡话，没有一点新意。比喻听惯听厌的话。

❀　　❀　　❀　　❀　　❀

三国时候，有个名叫管辂（lù）的人，从小勤奋好学、才思敏捷，尤其喜爱天文。十五岁时，已熟读《周易》，通晓占卜术，渐渐小有名气。

日子一久，便传到了吏部尚书何晏、侍中尚书邓飏耳里。这天，正好是农历十二月二十八日，这两个大官酒足饭饱，闲着无聊，便派人把管辂召来替他们占卜。

管辂早就听说这两人是曹操侄孙曹爽的心腹，倚仗权势，胡作非为，名声很不好。他考虑了一会儿，想趁这个机会好好教训他们一顿，灭灭他们的威风。

何晏一见管辂，就大声嚷道："听说你的占卜很灵验，快替我算一卦，看我能不能再有机会升官发财。另外，这几天晚上我还梦见苍蝇总是叮在鼻子上，这是什么预兆？"管辂想了一想，说："从前周公忠厚正直，辅助周成王建国立业，国泰民安；现在你的职位比周公还高，可感激你恩情的人很少，惧怕你的人却很多，这恐怕不是好预兆。你的梦按照卜术来测，也是个凶相啊！"管辂接着又说："要想逢凶化吉，消灾避难，只有多效仿周公等大圣贤们，发善心，行善事。"邓飏在一旁听了，很不以为然，连连摇头说："这都是些听惯了的没有新鲜意思的话，没什么意思！"何晏脸色铁青，一语不发。管辂见了，哈哈一笑："虽说是老生常谈，却不能加以轻视啊！"不久，新年到了，传来消息说何晏、邓飏与曹爽一起因谋反而遭诛杀。管辂得知后，连声说："老生常谈的话，他们却置之不理，所以难怪有如此下场啊！"

礼贤下士

释　义

礼：表示敬意。下：屈己尊人。尊重有才德的人，屈己延聘有识之士。

＊　　　＊　　　＊　　　＊　　　＊

唐肃宗时期，有一位皇族宗室的官员名叫李勉。他从刚开始时的地方官一直做到了朝廷的宰相，权高位重，在许多人眼里就是一人之下，万人之上的人物。但就是这样一名拥有很大权力的宰相，待人却是非常的诚恳，尤其是对那些有才能，品德高尚的人，他更是谦虚礼让，所以他受到了大家的爱戴和拥护。

李勉年轻的时候，他的家境并不是很富裕。有一年他在外地读书的时候和一位书生住在一起，大家相处得非常和睦。可是后来，那位书生得了一场重病，经过医生医治还是没有医好。这位书生临死前拿出了很多银子给李勉，并且告诉李勉这些银子是自己出门在外时准备应急用的，就连自己家里的人都不知道，现在自己已经快死了，所以就将银子交给了李勉，让李勉用这些银子给自己安排后事，剩下的银子就全部送给李勉作为感谢。不久之后，这名书生就去世了，李勉十分尽心地为他安排了后事，并将所有剩下的银子全部放在书生的棺材边一起给埋葬了，然后设法通知书生的家属前来。经过一段时间后，这名书生的家属终于找到了这里，李勉就将事情的经过详细告诉了书生的家属，并将剩下的银子挖出来归还给了他们。这些家属们对李勉的这种高尚行为十分的感激。所有知道了这事的人都认为李勉的确是一位情操高尚的君子。

李勉当官之后，由于办事能力突出，为人又谦和公正，所以官职一再被调升。在他被任命为山南西道观察使的时候，他发现在他的管辖范围内，有一个名叫王晬（zuì）的人非常的正直，而且也很有能力，于是就将王晬任命为代理的县官，处理县内的大小事务。有一次，王晬因为严格执法得罪了大臣的家属。这个大臣为了报私仇，就诬陷王晬草菅人命，贪赃枉法。结果唐肃宗在没有了解清楚的情况下，就下令将王晬处死。这道命令送到李勉手中时，李勉决心查明事实的真相，就没有按照命令处死王晬，而是连夜将自己的意见写成奏折，派专人日夜不停地送到了京城，交给了唐肃宗，请求赦免王晬。唐肃宗在看过了李勉的奏折后就免去了王晬的死罪，但是李勉却被当时的宰相以办理皇帝命令不用心的名义，将他召回了京城准备处罚他。

李勉来到京城之后，当着肃宗的面澄清了王晬的事情，并向肃宗皇帝建议，为了朝廷的长远打算应该重用像王晬这样的人才。肃宗了解了整个情况之后，对李勉宁可自己被处罚，也要坚持正义，保护人才的做法十分的赞赏，就将李勉升为专门管理皇室宗庙礼仪的太常少卿，同时正式任命王晬为县令。而王晬到任之后，也没有让李勉失望，他为官清正廉洁，办事果断公正，得到了县城所有百姓的爱戴。

　　后来，李勉出任了节度使。他听说张参、李巡这两个人很有才能，而且品德也非常让人景仰之后，就立刻亲自去拜访这两个人，向他们说明自己的来意，并很诚恳地请求这二人能够到自己的官府里来任职，协助自己管理好地方的事务。而张参和李巡很乐意地答应了李勉，到他的官府里去任职。李勉也并没有因为这二人已经是自己的部下了就对他们有所怠慢，仍然对他们十分恭敬，每次有宴请之类的聚会，李勉就一定要请二人到席，并将他们的位置安在上面，表示对他们的尊重。然而不幸的是，这二人没有多久就因病去世了，这让李勉十分的伤心，也很怀念他们，每次再举行什么宴席的时候，李勉仍然会将他们的位置留出来，并对待这两个空位就如同这二人还在世一样的恭敬。

　　李勉不仅对有才能的人才是非常恭敬有礼的，就是对待自己手下的普通士兵也是宽厚爱护有加，所以，在李勉手下当差的人都非常愿意跟随他，愿意尽心尽力地完成李勉的每一个指令。后世的人都对李勉的高尚品格十分景仰。

出口成章的成语故事

李代桃僵

释　义

僵：枯死。李树代桃树而死。比喻以此代彼或代人受过，或兄弟间互助互爱。

✳　　　✳　　　✳　　　✳　　　✳

我国古代有一处音乐官署，称为"乐府"。它主要掌管朝会宴请、道路游行时所用的音乐，同时也采集民间的诗歌和乐曲。南北朝时，出现了许多乐府诗，也就是乐府配合音乐而演唱的歌辞。后人把它分为十二类，《相和歌辞》是其中一类，原来都是民间歌谣。

《相和歌辞》中有一篇名叫《鸡鸣》，它暴露了汉代望族统治者盛衰无常的生活。

《鸡鸣》分为三段，第一段描写了当时社会的太平繁荣景象，同时描述了当时一种特有的怪现象：出身低微的人一旦得了势，就马上可以成为显赫一时的皇亲国戚。但他们作威作福，最后都成为了刀下之鬼。

第二段写了当时富贵人家的奢华排场。传说有兄弟五人，都是好吃懒做、游手好闲的浪荡子。一天，他们突然得到皇帝赏识，当上了侍中郎。从此，他们就富贵荣华起来了。

他们住的宅第，宅门用黄金镶造，屋顶上黄琉璃瓦，看上去就像王府一样富丽堂皇。厅堂上，时常摆着各种酒樽，以供他们整夜宴请宾客。在宴饮时，美丽的女乐工们为他们演奏音乐。宅第后花园的池塘里，还养着三十六对色彩鲜艳的鸳鸯，以供他们玩乐。每当朝官休假沐浴的日子，五兄弟在大批随从簇拥下乘车回家。他们骑的马，马络头都用黄金镶着，闪闪发亮。街道上挤满了看热闹的人。

第三段写五兄弟中有人犯了法，受刑，其他兄弟为了不丧失自己的利益，不闻不问，甚至互相倾轧，弄得丑态百出。

诗的最后，借老百姓之口唱了一首歌，来讽刺这帮没有心肝的兄弟："桃树生长在露天的井旁，李树又生长在桃树边上。蛀虫来啃咬桃树的根，李树替代桃树被啃咬而僵枯死去。树木还会以身相代，而兄弟却互相忘掉。"

厉兵秣马

释　义

厉：磨。兵：兵器。秣：喂。磨好刀枪，喂好战马。形容准备战斗。也泛指事前充分做好准备工作。

✽　　　✽　　　✽　　　✽　　　✽

杞子，秦国的大夫，驻守在郑国。有一天，他派人密报秦穆公，让他趁秦驻军掌管郑国北门之便，来偷袭郑国。穆公接到密报，觉得机不可失，就不听大夫蹇叔劝阻，立即派孟明视、西乞术、白乙丙三将帅领兵远征郑国。西乞术和白乙丙是蹇叔的儿子，送别时，蹇叔抱住儿子失声痛哭，还说："你们一定会在殽（hú）这地方遭到晋军抵御，到时，我来给你收尸。"穆公知道后，大骂蹇叔该死。秦军经长途跋涉来到了离郑国不远的滑国，郑国商人弦高正巧去周朝做买卖也经过滑国，得知秦军将进攻自己的国家，他不动声色，假称受郑穆公的派遣，对秦军说："我们国君知道你们要来，要我送一批牲口来犒劳你们。"这样稳住秦军后，弦高暗中派人把秦军进犯的消息急速告诉郑穆公。

郑穆公接到弦高的密报，马上派人去杞子等人的住地察看动静，见他们果然已扎好了行李，磨好了刀枪，喂好了战马，准备作秦军的内应。郑穆公证实了弦高的消息后，就派皇武子去杞子处。皇武子到了后说："我们很抱歉，没有好好款待你们，现在你们的孟明将军要来了，你们可以跟他去了。"杞子等人见事已败露，就分别逃往齐国、宋国。

孟明得到消息，知道偷袭不能成功，快快地说："郑国已有准备了，我们无人做内应，攻打郑国没有希望了，还是回去吧。"于是，他下令班师回国。还师途中，经过殽地，果然遭到了晋军的伏击，秦军全军覆没，孟明视等三位统帅成了晋国的俘虏。

励精图治

释　义

励：磨炼，振作。图：图谋，力图。表示振奋精神，力求治理好国家。

❊　　❊　　❊　　❊　　❊

公元前74年，汉昭帝刘弗陵去世。由于昭帝没有儿子，于是手握朝政大权的大司马大将军霍光立武帝的曾孙刘询为帝。这就是汉宣帝。

公元前68年，霍光病死。御史大夫魏相鉴于历史教训和霍氏家族的专权胡为，建议宣帝采取措施，削弱霍氏权力。霍氏对魏相极度怨恨和恐惧，便假借太后命令，准备先杀魏相，然后废掉宣帝。宣帝得知此事后，先发制人，采取行动，将霍氏满门抄斩。

从此以后，宣帝亲自处理朝政，振作精神，力图把国家治理得繁荣富强。他直接听取群臣意见，严格考查和要求各级官员；还降低盐价，提倡节约，鼓励发展农业生产。在魏相的带领下，百官尽职，很符合宣帝的心意。

宣帝在魏相的配合下，采取了一系列有利于发展生产，减轻人民负担的有效措施，终于使国家兴旺发达起来。他在位二十五年使已经衰落的西汉王朝出现了中兴的局面。

连篇累牍

释 义

连篇：一篇接着一篇。累：重叠，堆积。牍（dú）：古代写字用的木片。指叙述一件事所用篇幅过多。文字累赘，文辞冗长。

❈　　　❈　　　❈　　　❈　　　❈

李谔，字士恢，隋文帝时任治书侍御史，很有辩才，文章也写得很好。他看到六朝以来的文章多华而不实，于是决定上书给隋文帝，希望通过发布政令来改变当时文风。主意打定，他就着手去写。

引领青少年成长的必读故事丛书

隋文帝杨坚统一了中国以后，在处理政务时看到大臣们上的一些奏章都追求辞藻的华丽，不重视解决实际问题，他就暗暗思忖：南朝政治的腐败跟这绮丽的文风不无关系，这正是误国的根源呀。

一天，他伏案看着奏章，看到泗州刺史司马幼之写来的文表辞藻华艳堆砌，内容空洞无物，不禁勃然大怒，马上对手下人说："把泗州刺史司马幼之交给有关的部门治罪。"

同时，李谔的《请正文体书》终于写好了，他在上奏之前又看了一遍：书中从魏武帝、文帝、明帝说起，谈到了他们过分崇尚文辞，不重视为君之道，只注重文辞华丽的雕虫小技，下面的人跟从他们，在文辞华丽上大做文章，渐渐形成风格，给后世带来了恶劣的影响及危害，望当今皇上能出政令改变文风。他觉得自己把要说的话都说清楚了，于是就把奏章递了上去。

隋文帝阅读了李谔的奏章，不住地点头，当看到"连篇累牍，不出月露之形；积案盈箱，唯是风云之状"时，心想：李谔说得对呀，现在的一篇篇文章，一箱箱案卷，谈来谈去，都离不开吟风弄月，真是冗长累赘。这样下去，世俗无论贵贱贤愚，都去吟咏风花雪月，崇尚绮丽文风，追逐功名利禄，可怎么得了哇！于是他下令说："把李谔的奏章颁示天下。如以后写来的奏章再不注意文风，一定严加追究。"李谔通过发布政令来改变文风的愿望终于实现了。从此以后，当时的文风便逐步地好转了。

两袖清风

释　义

　　形容除了两袖清风外一无所有。现多比喻为官清廉，没有余财。

于谦，字廷益，祖籍考城（今民权县人），是明朝著名的民族英雄和诗人，与岳飞、张苍水并称"西湖三杰"。

　　于谦二十四岁中进士，不久就担任监察御史。明宣宗很赏识他的才能，破格提升他为河南、山西巡抚。尽管身居高官，他过的生活仍然非常俭朴，吃住都十分简单。

　　明宣宗去世以后，九岁的太子朱祈镇继位，史称明英宗。因皇帝年少，宦官王振专权。王振勾结内外官僚作威作福，大臣都叫他为"翁父"。于谦看不惯他专擅朝政，从不逢迎他。为此，王振对于谦非常嫉恨。

　　当时外省官员进京朝见皇帝或办事，都要贿赂朝中权贵，否则寸步难行。于谦在担任巡抚从外地回京时，他的幕僚建议他买些蘑菇、绢帕、线香之类的土特产孝敬权贵。于谦不这样做，他甩了甩两只宽大的袖管，说："我就带两袖清风！"回到家里，他就写了一首题为《入京》的七绝诗。他在诗中写道：

　　绢帕蘑菇与线香，本资民用反为殃。

　　清风两袖朝天去，免得闾阎话短长。

鹿死谁手

出口成章的成语故事

释　义

　　以鹿为追逐争夺的对象，鹿最后死在谁手里，就表示政权落在谁的手中。后世用"鹿死谁手"来比喻天下政权为谁所得；

✳　　　✳　　　✳　　　✳　　　✳

东晋时，中国的北方有匈奴、鲜卑、氐、羌、羯五个少数民族。他们曾先后起兵对抗汉族政权，这便是历史上所称的"五胡乱华"。

那时，有个羯族人名叫石勒，他幼年时曾随同部落里的大人到洛阳贩卖过货物，又曾经给别人做过长工。

晋惠帝末年，因为并州闹饥荒，二十多岁的石勒被并州刺史司马腾卖到山东一个名叫师欢的人家里做奴隶。师欢看到他相貌堂堂，与众不同，对他十分优待，不久便免了他的奴籍，让他当了佃客。

后来，石勒聚集王阳、郭敖等十八人为骨干，与汲桑一起聚众起义。起义失败后，他便投奔匈奴族的酋长刘渊，成为刘渊部下的一员大将。

公元304年，刘渊称帝，建立汉国政权。几年后，刘渊去世，他的儿子刘聪、侄儿刘曜相继登位，刘曜并改国号为赵（历史上称为前赵）。这时，石勒重用汉族人张宾为谋士，联合汉族中的地方豪强，发展成为割据一方的割据势力。

公元318年，石勒消灭了西晋在北方的残余势力。第二年，他断绝和前赵的君臣关系，自称为帝，但仍沿用赵国的名号，历史上称为后赵。一般来说，后赵的国势在五胡十六国中是最强盛的。

有一次，石勒在宴请自己臣僚的酒会上，曾经自我夸耀地说："假如我和汉高祖（西汉开国皇帝刘邦）生在同一个时代，我自认为不如他，一定和韩信、彭越一样做他的部下，为他奋战疆场；但如果遇到汉光武帝（东汉开国皇帝刘秀）那样的国君，我一定要和他在中原一带比一比高下，到那时不知鹿会死在谁手上呢！"

马革裹尸

革：皮。指战死沙场后，用马皮把尸体包裹起来。形容英勇作战，多指为正义事业而献身疆场。

马援，字文渊，扶风茂陵（今陕西兴平东北）人，东汉著名军事家。

有一次，他去讨伐割据的军阀隗嚣。打了胜仗回来，他的老朋友们都去向他道贺。光武帝刘秀也给他很丰厚的赏赐。可是马援却觉得自己的功劳太微薄了，不值得如此厚赏。

他认为，以前的伏波将军路博德开辟南越，建立了七个郡，只得到几百户封地，而自己的功绩远不如他的，却得到一个县封地，实在过意不去，所以想再替国家立些功劳。

正好那时匈奴侵略扶风县，马援便向光武帝要求再度出征。出发前，马援慷慨激昂地说：“大丈夫应当效死疆场，用马革裹着尸首回来才光荣，怎能躺在病床上，靠儿女服侍呢？”后来，洞庭湖一带又发生五溪蛮人作乱，光武帝曾派人去征战，结果因不能适应那里的气候，全军都覆没了。马援知道后，主动向光武帝表示愿领兵出征，光武帝想了想说：“你的年纪太老了吧！”“我虽然已六十岁了，但仍能披甲上马，不能算老。”马援说完，穿好甲胄，一跃登上马鞍，表示自己仍是可用之将。光武帝看了，称赞他说：“这位老人家，真是老当益壮啊！"于是，光武便命他率军出征。马援在这次战役中，奋勇杀敌，斩杀了两千多蛮人，给敌人致命的一击。可是，就要凯旋时，他不幸染上瘟疫，病死军中，实现了他"马革裹尸"的壮志。

满城风雨

释 义

指秋天风雨交加的景象。比喻消息一经传出，很快风传开来，人们议论纷纷。

❀   ❀   ❀   ❀   ❀

北宋时期，有这么一对意气相投的好友：一位是江西临川的谢逸，字无逸；另一位是湖北黄州的潘大临，字邠（bīn）老。两个人虽然家境都比较贫寒，但都很有才气，作得一手好诗，在当时的诗坛上颇负声誉。两人虽然住处相隔很远，却情投意合，经常鱼来雁往，在书信中互相酬唱奉和，切磋诗艺。

有一次，谢逸惦念潘大临，就去信问候，并问他近来是不是又作了什么新诗，可让他一饱眼福。

对于好友的慰问，潘大临十分感激，立即给他写了回信，信中说："近来秋高气爽，景物宜人，很能引发做诗的雅兴。可恨的是常有庸俗鄙陋的事情搅乱心绪，败坏诗兴。昨天闲卧床上，耳中听着窗外风涛阵阵，雨打秋林，顿觉诗兴大发，连忙起身，浓墨饱蘸，在白壁上写下'满城风雨近重阳'的佳句。谁知刚写了这一句，一个催收田租的官吏忽然闯了进来，勃发的诗兴顿时全被打消。所以，现在只能将这一句诗奉寄给你了。"由于这句诗准确生动地描绘了秋天风雨萧索、景物易色的景象，所以它虽未成篇，却同样脍炙人口，备受称颂。

毛遂自荐

释　义

毛遂：人名。自荐：自己推荐自己。比喻自告奋勇，自我推荐去从事某项工作。

❀　　　❀　　　❀　　　❀　　　❀

公元前251年，秦国的军队包围了赵国的都城邯郸。赵王派相国平原君出使楚国，要求楚王与赵国联合起来抗击秦国。

平原君打算从食客中挑出二十个智勇双全的人，随同他前往楚国。挑出十九人后，还有一个再也找不到合适的了。

有个名叫毛遂的食客，向平原君自我推荐道："听说您要带二十人前往楚国，现在尚缺一人，请您让我来凑满数吧。"平原君不熟悉毛遂，问他道："先生到我门下有几年了？""已有三年了。""一个有本事的人在世上，好比一把锥子装进口袋，马上可以看到锥尖戳破袋钻出来。你来这里三年，我从未听别人有称赞你的话。可见你一无所长，所以你不适合去，还是留下吧！""今天，我就请您把我当做锥子放进口袋。如果早放进口袋，那么不仅是锥尖钻出口袋，恐怕整个锥子会像禾穗那样挺出来呢。"毛遂回答说。

于是，平原君同意他随同前往。途中，同行的人在与他交谈过程中，逐步发觉他是个了不起的人物，都很钦佩他。一到楚国，他们马上展开游说活动。不料，楚王不愿联合抗秦，平原君也说服不了他。毛遂代表其他十九人上台去说服楚王。楚王听说毛遂是平原君门下的食客，怒气冲冲地要他下台去。毛遂则按着剑走近楚王，大声说道："大王所以敢当众叱责我，是因为楚国人多势众。但如今大王与我处于十步之内，楚国纵然强大，大王也倚仗不着，因为您的性命掌握在我毛遂手里！"楚王被毛遂勇敢的举动吓呆了。接着，毛遂又向楚王分析说，共同抗秦对赵、楚双方都有好处。毛遂的一席话，道理是如此清楚、明白，楚王也没有理由反对了，终于决定和平原君歃（shà）血为盟，联合抗秦。

每况愈下

释　义

越往下情况越明显。比喻越从小问题上推求，越能了解事物真相。后来比喻情况越来越糟。

❀　　　❀　　　❀　　　❀　　　❀

庄子是战国时道家著名的代表人物。有一次，一个名叫东郭子的人听说庄子对道深有研究，特地去向他请教。见面后，他问庄子："你说的道究竟在什么地方？"庄子回答说："道是无处不在的，什么地方都有。"东郭子又问："请您具体指明它在什么地方，这样我才能了解。""道在蚂蚁洞里。""道是很崇高的东西，怎么会在这么低下的地方呢?"庄子见他这样惊奇,又说:"道在稗子里面。""怎么在还要低下的地方呢?""道在瓦和砖里面。""啊,它在愈来愈低下的地方了!""在尿屎里面。"东郭子见庄子愈说愈不像样子,便不再问下去,脸上露出不高兴的神色。庄子这才严肃地解释道:"你所提的问题,没有提到根本上。我把道说得低下,才能显出它无所不在,什么地方都存在。请让我用检验猪肥瘦的方法来加以说明吧。一个名叫获的人问市场的管理员:为什么愈是用脚踏在猪的下部即脚胫上,就愈能检验出它的肥瘦来?管理员回答说:"因为脚胫是最难长肥的部位,这叫做每下愈况。越是难长肥的地方,肥瘦就更明显了。"东郭子这才明白了。

后来,"每下愈况"演化为成语"每况愈下",不再指越从低微的事物上追求,就越能推出真实情况,而是比喻情况越来越糟。

门可罗雀

释 义

罗:张网捕鸟。门前可以张网捕鸟。形容门庭冷落,宾客稀少。

✿　　✿　　✿　　✿　　✿

司马迁,字张,夏阳(今陕西韩城)人,西汉著名的史学家、文学家,曾经为汉武帝手下的两位大臣合写了一篇传记。这两位大臣,一位是汲黯,另一位是郑庄。汲黯,字长孺,濮阳(今属河南省)人。景帝时,曾任太子洗马(是辅佐太子,教太子政事、文理

引领青少年成长的必读故事丛书

的官），武帝时，曾做过东海太守（太守：原为战国时代郡守的尊称。西汉景帝时，郡守改称为太守，为一郡最高行政长官），后来又任主爵都尉（管理分封爵位事宜的官吏）。郑庄，陈（今河南淮阳县）人，景帝时，曾经担任太子舍人（官名，汉代设有此官，挑选世家子弟认职，轮流替换在宫禁中值宿，担任警卫），武帝时担任大农令（秦汉时全国财政经济的主管官，后逐渐演变为专门掌管仓库、农耕的官吏）。这两位大臣都为官清正，刚直不阿，曾位列九卿，声名显赫，权势高，威望重，上他们家拜访的人络绎不绝，出出进进十分热闹，谁都以能与他们结交为荣。

可是，由于他们太刚直了，汉武帝后来撤了他们的职。他们丢了官，失去了权势，就再也没人去拜访他们了。

司马迁在叙述了两人的生平事迹后，深为感慨地说：像汲黯、郑庄这样贤良的人，有势力时，客人很多；一旦失去权势，便门庭冷落，其他的人就更不用说了。于是他又联想到两人的情况和下邽（guī）的翟公一样。

接着，他又介绍了翟公的情况。翟公曾经当过廷尉（中央掌管司法的长官）。他在上任的时候，登他家门拜访的宾客十分拥挤，塞满了门庭。后来他被罢了官，就没有宾客再登门了。结果门口冷落得可以张起网来捕捉鸟雀了。官场多变，过了一个时期，翟公官复原职。于是，那班宾客又想登门拜访他了。翟公感慨万千，在门上写了几句话："一生一死，乃知交情；一贫一富，乃知交态；一贵一贱，交情乃见。"

名落孙山

释 义

孙山：人名。名次排在榜上最后一名的孙山的后面。表示投考未中或选拔时没有被录取。

✽　　✽　　✽　　✽　　✽

宋朝时，读书人要做官，必须参加科举考试。乡试（科举考试中地方上最高一级的考试）合格的称为举人。取得了举人的资格，就可以到京都参加更高一级的考试——会试了。有一年秋天，省城里要举行乡试，当地有个名叫孙山的读书人，准备到省城去应试。

孙山能说会道，滑稽诙谐，人称"滑稽才子"，乡里人对他中举寄予厚望。临行前，乡里一位老人来拜访孙山，请孙山与他的儿子一起去应考，以便他儿子能得到一些照应。孙山爽快地答应了。

两人到省城后，很顺当地参加了考试，接着是等待发榜。

发榜那天，孙山怀着紧张的心情，到发榜处去观看。看榜的人很拥挤，孙山好不容易才挤到前面，一连看了几遍，都没有看到自己的名字。他灰心丧气，准备再看一遍，榜上确实无名字就离去。结果，竟在最后一行中见到了自己的名字，原来自己是以末名中举，顿时转忧为喜。至于一起来应试的乡人儿子的名字，则无论如何也找不到，他肯定落选了。

孙山回到旅舍，把发榜的情况向乡人儿子说了。对方听说自己榜上无名，闷闷不乐，表示想再在省城多呆几天。孙山归心似箭，

第二天一早就回乡了。

孙山回到家里，乡邻们得知他中举，都向他表示祝贺。那老人见儿子未回来，问孙山他儿子是否榜上有名。孙山没有正面回答，而是诙谐地念了两句诗："解名尽处是孙山，贤郎更在孙山外。"原来，当时中举后再去京城会试的，都由地方解送入试，所以乡试第一名称为解元，榜上的举人名字都称解名。这两句诗的意思是：举人的最后一名是我孙山，你儿子的大名还在我孙山之后呢。言下之意是他落选了。

那老人听到很有才气的孙山也只考了最后一名，想到他的儿子比孙山差远了，榜上无名是很自然的，便平心静气地走了。

明察秋毫

释 义

察：看到。秋毫：秋天鸟兽新长的细毛。目光敏锐，可以看清秋天鸟兽新长的细毛。比喻人很精明，对很小的事情也能察看得清清楚楚。

❋　　❋　　❋　　❋　　❋

孟子来到齐国，齐宣王向他询问春秋时齐桓公和晋文公怎样称霸的事。孟子没有正面回答，而是大谈如何用道德的力量来统一天下的问题。齐宣王不解地问道："怎样的道德才能统一天下？"孟子回答说："百姓的生活安定了，天下才能统一。这是什么力量都抵御不了的。""像我这样的国君，可以使百姓生活安定吗？""可以。"

"你凭什么知道我可以呢？"孟子对齐宣王说："你不忍杀一头发抖的牛，而下令用一只羊来代替。这样的善心就足以统一天下了。百姓都认为您吝啬，而我知道您是不忍心。不过，百姓说您吝啬，您也不必奇怪，他们怎么能体会到你的真正用心是出于仁爱呢？其实从怜悯无罪被屠宰来说，杀一头牛和杀一只羊，又有什么不同？"

孟子接着又说："有人向大王报告说，'我力大无比，可举起三千斤重的东西，却拿不起一根羽毛；我能把秋天鸟兽新长的绒毛的末梢看得清清楚楚，却看不见眼前的一车柴草。'您相信这话是真的吗？""当然不能相信。"齐宣王马上回答说。

"您的好心使禽兽沾光，而不能使百姓得到实惠。这到底是什么原因呢？其实，举不起一根羽毛，是不用力气的缘故；没见到一车柴草，是没有用眼睛去看的缘故。百姓得不到安定的生活，是您不愿施恩惠的缘故。所以，您不用道德来统一天下，是您不愿意这样做，而不是不能这样做。"

南柯一梦

释　义

南柯：南面的大树枝。在南面的大树下做了一场享尽荣华富贵的美梦。后以此比喻做梦或一场空欢喜。

✽　　　✽　　　✽　　　✽　　　✽

相传唐代有个姓淳于名棼（fén）的人，嗜酒任性，不拘小节。一天适逢生日，他在门前大槐树下摆宴和朋友饮酒作乐，喝得烂醉，被友人扶到廊下小睡，迷迷糊糊仿佛有两个紫衣使者请他上车，马车朝大槐树下一个树洞驰去。但见洞中晴天丽日，另有世界。车行数十里，行人不绝于途，景色繁华，前方朱门悬着金匾，上面写着"大槐安国"。这时有丞相出门相迎，告称国君愿将公主许配，招他为驸马。淳于棼十分惶恐，不觉已成婚礼，与金枝公主结亲，并被委任"南柯郡太守"。

淳于棼到任后勤政爱民，把南柯郡治理得井井有条。前后二十年，上获君王器重，下得百姓拥戴。这时他已有五子二女，官位显赫，家庭美满，万分得意。

不料檀萝国突然入侵，淳于棼率兵拒敌，屡战屡败，金枝公主又不幸病故。淳于棼连遭不测，辞去太守职务，扶柩回京，从此失去国君宠信。他心中悒悒不乐，君王准他回故里探亲，仍由两名紫衣使者送行。

车出洞穴，家乡山川依旧。淳于棼返回家中，只见自己身子睡在廊下，不由吓了一跳，惊醒过来。眼前仆人正在打扫院子，两位友人在一旁洗脚，落日余晖还留在墙上，而梦中经历好像已经整整过了一辈子。

淳于棼把梦境告诉众人，大家感到十分惊奇，一齐寻到大槐树下，果然掘出个很大的蚂蚁洞，旁有孔道通向南枝，另有小蚁穴一个。梦中"南柯郡"、"槐安国"，其实原来如此！

鸟尽弓藏

释　义

飞鸟打尽了，打鸟的弹弓就被收藏起来。比喻事成之后，功臣被废弃或遭受迫害。

✳   ✳   ✳   ✳   ✳

　　春秋末期，吴、越争霸，越国被吴国打败，屈服求和。越王勾践卧薪尝胆，任用大夫文种、范蠡（lí）整顿国政。十年生聚，十年教训，使国家转弱为强，最终击败了吴国，洗雪了国耻。吴王夫差兵败出逃，连续七次向越国求和，文种、范蠡坚持不允。夫差无奈，把一封信系在箭上射入范蠡营中，信上写道："兔子捉光了，捉兔的猎狗没有用处了，就被杀了煮肉吃；敌国灭掉了，为战胜敌人出谋献策的谋臣没有用处了，就被抛弃或铲除。两位大夫为什么不让吴国保存下来，替自己留点余地呢？"文种、范蠡还是拒绝议和，夫差只好拔剑自刎。越王勾践灭了吴国，在吴宫欢宴群臣时，发觉范蠡不知去向。第二天在太湖边找到了范蠡的外衣，大家都以为范蠡投湖自杀了。可是过了不久，有人给文种送来一封信，上面写着："飞鸟打尽了，弹弓就被收藏起来；野兔捉光了，猎狗就被杀了煮来吃；敌国灭掉了，谋臣就被废弃或遭受迫害。越王为人，只可和他共患难，不宜与他同安乐。大夫至今不离他而去，不久难免有杀身之祸。"文种此时方知范蠡并未死去，而是隐居了起来。他虽然不尽相信信中所说的话，但从此常告病不去上朝，日久引起勾践疑忌。一天勾践登门探望文种，临别留下佩剑一把。文种见剑鞘上有"属镂"二字，正是当年吴王夫差逼忠良伍子胥自杀的那把剑。他明白勾践的用意，悔不该不听范蠡的劝告，只得引剑自尽。

怒发冲冠

引领青少年成长的必读故事丛书

释 义

冠：帽子。愤怒得头发直竖，顶起帽子。形容极度愤怒。

❋　　　❋　　　❋　　　❋　　　❋

赵惠文王得到一块稀世的璧玉。这块璧是春秋时楚人卞和发现的，所以称为和氏璧。不料，这件事被秦昭王知道了，便企图仗势把和氏璧据为己有。于是他假意写信给赵王，表示愿用十五座城池来换这块璧。

赵王怕秦王有诈，不想把和氏璧送去，但又怕他派兵来犯。同大臣们商量了半天，也没有个结果。再说，也找不到一个能随机应变的使者，到秦国去交涉这件事。

正在这时，有人向赵王推荐了蔺相如，说他有勇有谋，可以出使。赵王立即召见，并首先问他能否答应秦王的要求，用和氏璧交换十五座城池。蔺相如说："秦国强，我们赵国弱，这件事不能不答应。""秦王得到了和氏璧，却又不肯把十五座城给我，那怎么办？""秦王已经许了愿，如赵国不答应，就理亏了；而赵国如果把璧送给秦王，他却不肯交城，那就是秦王无理。两方面比较一下，宁可答应秦王的要求，让他承担不讲道理的责任。"就这样，蔺相如带了和氏璧出使秦国。秦王得知他来后，没有按照正式的礼仪在朝廷上接见他，而是非常傲慢地在一个临时居住的宫室里召见他。秦王接过璧后，非常高兴，看了又看，又递给左右大臣和姬妾们传看。

蔺相如见秦王如此轻蔑无礼，早已非常愤怒。现在又见他只管传看和氏璧，根本没有交付城池的意思，便上前说道："这璧上还有点小的毛病，请让我指给大王看。"蔺相如把璧拿到手后，马上退后几步，靠近柱子站住。他极度愤怒，头发直竖，顶起帽子，慷慨激昂地说："赵王和大臣们商量后，都认为秦国贪得无厌，想用空话骗取和氏璧，因而本不打算把璧送给秦国；后来听了我的意见，斋戒了五天，才派我送来。今天我到这里，大王没有在朝廷上接见我，拿到璧后竟又递给姬妾们传观，当面戏弄我，所以我把璧取了回来。大王如要威逼我，我情愿自己的头与璧一起在柱子上撞个粉碎！"在这种情况下，秦王只得道歉，并答应斋戒五天后受璧。但蔺相如预料秦王不会交城，私下让人把璧送归赵国。秦王得知后，无可奈何，只好按照礼仪送蔺相如回国。

攀龙附凤

释　义

附：依靠。龙、凤：指帝王或权贵势要。形容有权势的人。比喻臣子随帝王以建功立业，或投靠巴结有权势的人。

❀　　　❀　　　❀　　　❀　　　❀

西汉的开国皇帝刘邦，出身于一个农民家庭，他的父母连名字都没有。刘邦原名季，意思是"老三"，直到做了皇帝，才改名为邦。

刘邦三十岁时，当了秦朝沛县的一个乡村小吏——亭长。他为

出口成章的成语故事

人豁达大度，胸怀开朗，做事很有气魄，很多人都和他合得来。当地的萧何、樊哙、夏侯婴等，都是他的好朋友。这些人后来都为刘邦建立汉朝出了大力。

樊哙是刘邦的同乡，是个杀狗卖狗肉的。陈胜、吴广发动起义后，沛县县令惊恐万分，打算投起义之机响应陈胜，就派樊哙去召刘邦来相助。不料刘邦带了几百人来时，县令又反悔起来。于是，刘邦说服城里人杀了县令，带领两三千人马誓师起兵。

夏侯婴与刘邦也早就有了交情。他原来是县衙里的马夫，每次奉命为过往使者赶车，回来时经过刘邦那里，总要与刘邦闲谈很长时间，直到日落西山才走。后来夏侯婴当了县吏，与刘邦交往更密切了。一天刘邦与他闹着玩，一不小心打伤了他。有人告刘邦身为亭长，动手打人，应当严惩，夏侯婴赶紧为他解释。不料，后来夏侯婴反以伪证罪被捕下狱，坐了一年多班房。后来刘邦在沛县起兵，他和樊哙主动参加，并担任部将。

刘邦的势力逐渐发展后，有个名叫灌婴的人又来投奔他。灌婴是睢阳人，本为贩卖丝绸的小商人。此人后来也成为刘邦的心腹，领兵转战各地，立了不少战功。

公元前208年，刘邦根据各路起义军开会的决定，带领人马西攻秦都咸阳。第二年初，刘邦大军兵临陈留，把营扎在城郊，当地有个名叫郦食其（yì jī）的小吏前来献计。

郦食其对刘邦说，现在您兵不满万人，又缺乏训练，要西攻强秦，如进虎口。不如先攻取陈留，招兵买马，等兵强马壮后再打天下。郦食其还表示，他和陈留县令相好，愿意前去劝降；如县令不降，就把他杀了。

刘邦采纳了郦食其的计谋。郦食其连夜进陈留城劝说县令，但那县令不肯起义。于是，郦食其半夜割下他的头颅来见刘邦。第二天刘邦攻城时，把那县令的头颅高悬在竹竿上，结果守军开城门投降。在陈留，刘邦补充了大量粮食、武器和兵员。

接着，郦食其又推荐了他颇有智勇的弟弟郦商，郦商又给刘邦带来了四千人。刘邦就任命他为副将，带领这支队伍西攻开封。后来，刘邦又战胜项羽，在公元前202年即皇帝位，建立了西汉王朝。

刘邦当皇帝后大封功臣。樊哙、夏侯婴、灌婴、郦商等人也先后被封为舞阳侯、汝阴侯、颖阴侯和曲周侯。由此可见，这些人依附刘邦称帝后便名利双收了。

旁若无人

释 义

若：好像。好像旁边没有人似的。形容态度自然从容，也形容高傲、目中无人。

❋　　❋　　❋　　❋　　❋

荆轲，战国末期卫国人。平时，他的一言一行、一举一动就与常人不一样。他喜欢击剑，整天和朋友一起练剑习武，切磋武艺。每天早晨，天刚亮，他就起身去练剑，直练到汗水淋漓，才收剑休息；但他同时又十分喜欢读书，饱读诗书，好学不倦，所以成为战国时期著名的侠士。

荆轲到了燕国以后，和隐居卖狗肉的高渐离成了知己。每天，两个人一起在燕市上喝酒，一直要到喝醉后才肯罢休。高渐离也是一名勇士。不仅如此，他还善于演奏一种名叫"筑"的古乐器。他们还常趁着酒兴，到闹市上引吭高歌。

一次，荆轲和高渐离两人在闹市上喝酒。当酒喝到八、九成时，他们俩来到了闹市中央。高渐离击"筑"、荆轲和着乐声放声高歌。两人越唱越高兴，歌声也越来越激昂。高亢的歌声引来了许多围观的人，而且越聚越多。他们对于人们的指点和围观熟视无睹，一点也不在乎。当唱到悲切慷慨处，两人还相对放声痛哭，泪如雨下，完全不在乎旁边有没有人，仿佛这个世界上只有他俩存在一样。

正是由于这种豪迈和旁若无人的气概，荆轲后来受到了燕太子丹的赏识，引为上宾、委以重任。公元前222年，他带着夹着匕首的燕国地图到咸阳去刺杀秦王，结果刺杀未成，不幸身死。

抛砖引玉

释 义

抛：扔，投。引：招致。抛出砖去，引回玉来。常被用指以自己粗浅的、不成熟的意见或文字，引出别人的高见或佳作的谦辞。

❀　　❀　　❀　　❀　　❀

唐代高僧从谂（shěn）禅师，主持赵郡观音院多年。相传他对僧徒参禅要求极严，必需人人静坐敛心，集中专注，绝不理会外界的任何干扰，达到凝思息妄、身心不动的入定境界。有一天，众僧晚参，从谂禅师故意说：

"今夜答话，有闻法解悟者出来。"

此时徒众理应个个盘腿正坐，闭目疑心，不动不摇。恰恰有个小僧沉不住气，竟以解问者自居，走出礼拜。从谂禅师瞟了他一眼，缓声说道：

"刚才抛出砖头，想引来一块玉，不料却引来一块比砖还不如的土坯！"

另外，有一个抛砖引玉的故事。据《历代诗话》、《谈证》等书记述：唐代诗人赵嘏，以佳句"长笛一声人倚楼"博得大诗人杜牧的赞赏。人们因此称赵嘏为"赵倚楼"。当时另有一位名叫常建的诗人，一向仰慕赵嘏的诗才。他听说赵嘏来到吴地，料他一定会去灵岩寺游览，便先赶到灵岩，在寺前山墙上题诗两句，希望赵嘏看到后能添补两句，续成一首。果然赵嘏游览灵岩寺看到墙上两句诗，不由诗兴勃发，顺手在后面续了两句，补成一首完整的绝诗。常建的诗没有赵嘏写得好，他以较差的诗句引出赵嘏的佳句，后人便把这种做法叫做"抛砖引玉"。

鹏程万里

释 义

鹏：传说中的一种巨大的鸟，能飞万里。比喻前程远大。

* * * * *

很久很久以前，北海有一条鱼，它的名字叫"鲲"。鲲长得非常庞大，宽和长不知有几千里。

后来，鲲变成了一只鸟，名字叫"鹏"。鹏鸟的背也非常高大，不知有几千里。它奋力飞起来的时候，翅膀像垂在天空中的云，并乘着海动时掀起来的大风飞到南海去，也就是天然的大池。鹏鸟飞到南海去的时候，翅膀拍击水面，能激起三千里的大浪。它乘着旋风，直上九万里的高空，是凭借着六月的大风飞去的……

以上是战国时著名的哲学家庄子在一篇名叫《逍遥游》的文章中讲述的寓言故事。在描述完大鹏高飞的情景后，他又夹叙夹议说了一番道理：

水如果积蓄得不够深，那么它负载的大船也就没有力量。倒一杯水在屋里的凹地上，那么放一根小草就可以当成船；而放一只杯子，就要粘在地上。这是因为水浅而船大的缘故。如果风的积蓄不厚，那么它负载巨大的翅膀也就没有力量。鹏鸟所以能飞九万里，是因为风就在它的下面，然后它才能乘在风的背上，背靠着青天而没有任何阻拦，一直飞往南海。

披荆斩棘

释 义

披：拨开。斩：砍断。荆、棘：丛生的多刺植物。拨开、砍断荆棘。比喻在创业过程中或前进道路上清除障碍，克服种种困难，开拓前进。

✽　　　✽　　　✽　　　✽　　　✽

东汉王朝的建立者光武帝刘秀，起兵初期势力单薄。参加者的生活非常艰苦，有些人因此而离他而去。但曾任主簿的冯异却毫不动摇，坚持战斗，从不叫苦。

一次，刘秀带队伍路过饶阳的芜蒌亭（今属河北），又饥又冷，军士们都支撑不住了。晚上，冯异设法煮了一大锅豆粥让大家吃，饥寒顿时消除。后来队伍来到南宫县，遇到大风雨，上上下下的衣服都被雨水淋湿，大家冻得直打哆嗦。就在众人难以忍受的时候，冯异又设法找来一些柴草，点起火让大家烤干衣服，暖和身体；又为大家煮了麦饭，填饱肚子。冯异在艰难处境中做的这两件事，给刘秀留下了难以忘怀的良好印象。

公元25年，刘秀做了皇帝后，派冯异平定关中，冯异很好地完成了任务。当时有人向刘秀上书，劝他提防冯异权重谋反。刘秀不仅不信，反把所上的书送给冯异看，并要冯异不必疑心、害怕。

公元30年，冯异从长安来到京城洛阳朝见光武帝。光武帝指着他向满朝公卿大臣说：

"他便是我起兵时的主簿，曾为我在创业的道路上劈开丛生的荆棘，扫除了重重障碍，又为我平定了关中之地！"朝见结束后，光武帝赐给冯异许多金银财宝，还写了一封信给他。信中说：

"我还时时记着当年将军在芜蒌亭端给我的豆粥，在南宫县递给我的麦饭。这些深情厚谊，我至今还未报答呢！"

匹夫之勇

释 义

匹夫：古代指平民中的男子；泛指平民百姓。指不用智谋，单凭个人的勇气。

❋ ❋ ❋ ❋ ❋

春秋时，越王勾践被吴王夫差打败，在吴国囚禁三年，受尽了耻辱。回国后，他决心自励图强，立志复国。

十年过去了，越国国富民强，兵马强壮。将士们又一次向勾践来请战："君王，越国的四方民众，敬爱您就像敬爱自己的父母一样。现在，儿子要替父母报仇，臣子要替君主报仇。请您再下命令，与吴国决一死战。"

勾践答应了将士们的请战要求，把军士们召集在一起，向他们表示决心说：

"我听说古代的贤君不为士兵少而忧愁，只是忧愁士兵们缺乏自强的精神。我不希望你们不用智谋，单凭个人的勇敢，而希望你们步调一致，同进同退。前进的时候要想到会得到奖赏，后退的时候要想到会受到处罚。这样，就会得到应有的赏赐。进不听令，退不知耻，会受到应有的惩罚。"

到了出征的时候，越国的人都互相勉励。大家都说，这样的国君，谁能不为他效死呢？由于全体将士斗志十分高涨，终于打败了吴王夫差，灭掉了吴国。

平易近人

释　义

政令平和易行。现指态度和蔼可亲，使人愿意接受。

✽　　　✽　　　✽　　　✽　　　✽

周武王的弟弟周公，曾为周武王攻灭商朝，建立西周王朝立下了大功。周公被封在曲阜为鲁公，但他没有到那里去，而仍旧留在都城辅佐王室。他派长子伯禽去接受封地，当了鲁公。

伯禽到鲁地后，过了三年才向周公汇报在那里施政的情况。周公很不满意，向他说：“为什么这么迟才来汇报?”

伯禽答道：“改变那里的习俗，革新那里的礼法，三年后才能看到效果，所以来晚了。”

在这以前，曾辅佐文王、武王灭商有功的姜尚被封在齐地。他只过了五个月，就向周公来报告在那里的施政情况了。当时，周公感到惊奇，便问他说：“你怎么这样快就报告情况呀?”

姜尚回答说：“我简化了君臣之间的礼节，一切按照当地风俗去做，所以这样快。”

后来周公听了伯禽过三年后才来作的汇报后，不由叹息道：“唉，鲁国的后代将要当齐国的臣民了！政令不简约易行，百姓就不会对它亲近；政令平和易行，百姓就必定会归附。”

破镜重圆

释 义

破：敲破，破碎。镜：镜子。圆：团圆。敲破的镜面又对合在一起，重新团圆。比喻夫妻离散或破裂后重新和好、团圆。

南朝陈的太子舍人（太子亲近的属官）徐德言，娶皇帝陈叔宝的妹妹乐昌公主为妻。两人情投意合，非常恩爱。当时朝政腐败，徐德言预料到，有朝一日国家会遭受灭亡之祸，因此非常忧虑。

一天，他愁容满面地对妻子说："天下大乱的事马上就会发生，到时我们夫妻将被拆散。但只要我们姻缘未尽，总会再次团圆。为此要先留下一件东西，作为将来重见的凭证。"乐昌公主同意丈夫的看法和建议。徐德言当即取来一面圆形的铜镜，把它一破为二，一块自己留下，一块交给妻子，嘱咐她好好保存，并对她说："如果离散后，就在每年正月十五日那天，托人将这半面镜子送到市场上去叫卖。只要我还活着，我一定前去探听，以我的半面镜子为凭，与你团聚。"不久，已经统一中国北方的隋文帝杨坚，果然发兵攻进陈的都城建康（今江苏南京），陈国灭亡。灭陈有功的大臣杨素不仅加封为越国公，而且得到许多赏赐，其中包括乐昌公主。徐德言被迫逃亡。

后来，徐德言打听到妻子已到了隋的京都大兴（今陕西西安），便长途跋涉赶到那里，打听妻子的下落。每当夜深人静时，他都会取出半面镜子思念爱妻。乐昌公主虽然过着非常奢侈的生活，但内心一直惦着丈夫，也经常抚摸半面镜子，回忆往事。

正月十五日终于来到了。徐德言到热闹的市场，看见一个老人以高价出卖半面铜镜，经察看，果然是妻子的那半块。原来他是杨府的仆人，受乐昌公主委托来卖镜找夫的。于是徐德言写了一首诗，交给仆人带回。诗写道："镜与人俱去，镜归人未归。无复嫦娥影，空留明月辉。"意思是镜子与人都去了，但如今镜子归来而人却没有归来。正好比月中没有嫦娥的身影，只空留明月的光辉。

乐昌公主见到丈夫保存的半面铜镜和诗后，终日哭泣，茶饭不思。杨素知道实情后，备受感动，立即把徐德言叫来，叫他把乐昌公主带回江南去，还赐给了他许多东西。

七步之才

释 义

走七步能作成诗的才能。比喻文思敏捷，才气过人。

✳　　　✳　　　✳　　　✳　　　✳

曹植是曹操第三个儿子、魏文帝曹丕的同母弟弟。他从小受到良好的文学熏陶，有非凡的文学才华。曹操曾几次打算把他立为魏世子，继承自己的事业。

曹操第二个儿子曹丕一心想当魏世子，一些拥护他的人一再在曹操面前说他的好话，最后终于促使曹操改变主意，立曹丕为魏世子。

为了稳住自己的地位，曹丕想尽方法使曹操对曹植反感。曹植生性随便，不注意遵守禁令，几次遭到曹操处罚，从而没有机会使曹操改变对他的看法。

汉献帝延康元年（公元 220 年），曹操因病去世，曹丕继任丞相。就在这一年，曹丕废献帝自立为帝（即魏文帝）。

曹丕称帝后，借口曹植在父丧期间礼仪不当，把他拿下问罪。这罪犯得很重，当时要被处死。在审问的时候，曹丕指责他依仗自己有才学，故意蔑视礼法，接着说："父亲在世时，常夸你的诗义，我一直怀疑有人为你代笔。今天限你七步成诗一首，如若不成，休怪我问你死罪！"

曹植点点头，说："请皇上赐题。"

"就以兄弟为题，但不许出现兄弟二字。"

曹植略一思忖，便迈开脚步，走一步吟一句："煮豆持作羹，漉菽以为汁；萁在釜下燃，豆在釜中泣。本自同根生，相煎何太急？"

这几句诗的意思是：要煮豆子作豆豉，抱来豆梗当柴烧。豆梗在锅下呼呼燃烧，豆子在锅里被煮得又哭又叫："咱俩都是一条根上长出来的，为什么这样狠心地煮我不轻饶？"

曹植吟完，正好走了七步。曹丕听了，羞愧难当，免去了他的死罪，将他贬为安乡侯。曹植七步成诗的事很快传开，人们也因此而称赞他有"七步之才"。

奇货可居

释 义

奇货：珍奇的货物。居：存、囤积。把珍奇的货物囤积起来，等高价出售。指囤积、垄断、挟持某种东西或技艺，以备将来博取名利。比喻凭借某种优越条件为资本，谋取名利地位。

❀   ❀   ❀   ❀   ❀

吕不韦，战国末年著名商人、政治家、思想家，后为秦国大臣。

有一次，吕不韦到赵国的都城邯郸去做买卖，碰到在那里做人质的秦国公子异人。他觉得异人是个稀有的"货物"，可以收买下来，搞个政治投机，有朝一日换取名利。

回家后，吕不韦问父亲：

"农民种田，一年能得几倍的利益？"

"可得十倍的利益。"父亲回答说。

"贩卖珠宝能得几倍的利益？"

"可得几十倍的利益。"

"要是拥立一个国君，能得几倍的利益？"

"那就无法算得清楚了。"

于是吕不韦说起秦国公子异人的事，并表示要设法把他弄到秦国去做国君，做个一本万利的大买卖，父亲非常赞成。

异人是秦昭王的孙子、太子安国君的儿子。安国君宠爱华阳夫人，而讨厌异人的母亲夏姬，因此异人被送到赵国当人质。吕不韦告诉异人，愿意为他回国出钱出力，一旦秦昭王去世、安国君即位，他就可以成为太子，将来继任国君。异人自然非常高兴，再三道谢，并表示一旦成为国君，就把秦国的一半土地封给吕不韦。

政治交易达成后，吕不韦带了大量财宝去秦国，托人向华阳夫人献上厚礼。华阳夫人马上召见吕不韦。吕不韦玩弄巧舌，说服没有生过儿子的她认异人为自己亲生儿子，并通过她要求安国君派人将异人接回秦国，改名子楚。

此后，华阳夫人一再在安国君面前说子楚的好话，并要求立他为太子。安国君答应了，还让吕不韦当他的老师。

几年后，秦昭王去世，安国君做了国君，即秦孝文王。孝文王即位时年纪已经很大了，一年后就死去，于是子楚如愿以偿，继任国君，称为秦庄襄王。吕不韦是头号功臣，当上了丞相，享受 10 万户的租税。他收买下来的奇货经过囤积，终于换来了无法估量的名利。

歧路亡羊

释 义

歧路：岔路。亡：丢失。在岔路丢失了羊，难以追寻。比喻事理复杂多变，找不到正确的方向，便会误入歧途。

✽　　　✽　　　✽　　　✽　　　✽

一天，杨子的邻居家逃失了一只羊。失主很着急，请许多亲友去寻找。过了一会儿，他来找杨子请求说：

"先生，我想请您家的仆人帮助我去找羊。"

杨子了解情况后，奇怪地说：

"逃失了一只羊，竟要派这么多人去寻找，真是小题大做！"

那邻居苦笑着解释说："先生您听我说，村子外有几条岔路，人少了是不行的。"

杨子无奈，只好叫仆人帮他去找羊。过了一段时间，邻居及其亲友、杨子的仆人等都来杨子家。杨子问他们：

"羊找到了没有？"

邻居垂头丧气地表示没有找到。杨子惊奇地问：

"你们这么多人寻找，怎么还会找不到的呢？"

邻居说：

"出村子上了大路后，有几条岔路，岔路中还有岔路。越走远，岔路就越多，简直像蜘蛛网一样。所以即使这么多人寻找，到后来也弄不清楚羊究竟是从哪条岔路上逃走的。"

杨子听后没有说话，但神色严肃起来，并带有忧伤的成分。他的学生不解，问他道：

"先生，一只羊不值多少钱，再说逃走的那只羊也不是先生家的，您为什么要如此忧伤呢？"

杨子听了仍然没有说话。有个学生把这件事告诉了一位名叫心都子的学者，他解释说：

"岔路太多了，所以羊容易逃失。同样的道理，读书人因学说不一致而找不到真理，以致误入歧路，一无所获！"

骑虎难下

释　义

骑在老虎身上，想下来也下不来。比喻做事遇到未曾估计到的困难，但迫于形势，不得不做下去。

✿　　　✿　　　✿　　　✿　　　✿

晋成帝咸和三年（公元 328 年），镇守历阳的将领苏峻和镇守寿春的将领祖约，以诛杀辅佐成帝的中书令庾亮为名，率军攻入都城建康，专擅朝政。

在这危急时刻，担任江州刺史的温峤挺身而出，和逃到他那里的庾亮共推征西大将军荆州刺史陶侃为盟主，起兵讨伐叛军。由于叛军势众，又挟持了成帝，陶侃接连打了几个败仗。不久，军粮也发生了困难。

由于战争一再失利，陶侃产生了畏惧心理，信心不足。他责备温峤说：

"起兵时，您说要将有将，要粮有粮，只要我出来当盟主就行了。可是现在将在哪里？粮在何方？如果粮食再接济不上，我只能带领本部人马回老家去了，待到条件具备后再干。"温峤反驳说："您的看法不对。战胜叛军最要紧的是靠队伍自身的团结。当年刘秀、曹操所以能以寡敌众，因为他们是正义之师。苏峻、祖约这帮家伙欺世盗名，有勇无谋，我们定能战胜他们。现在皇上蒙难，国家正处在危急关头，我们仗义讨伐逆贼，决不能改弦易辙。就好比骑在猛虎身上，不把它打死，怎么能半途下来呢！如您违背大众意愿，独自带兵回老家，必然会影响士气，使讨伐失败。这个罪责您是推卸不了的！"

陶侃听了温峤这席话，觉得很有道理，只好打消回老家的念头。接着，温峤和他仔细地商讨了作战计划，从水陆两路进攻叛军。温峤又亲自率领一支精壮的骑兵，突然袭击叛军。最后讨伐终于取得胜利，苏峻被杀，祖约逃到别处后也被杀死。

杞人忧天

释 义

杞：周代诸侯国名，在今河南杞县一带。忧：担忧。杞国有人担忧天塌下来。比喻缺乏根据和不必要的忧虑。

＊　　　＊　　　＊　　　＊　　　＊

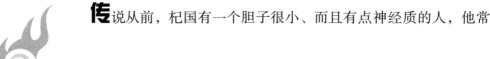

传说从前，杞国有一个胆子很小、而且有点神经质的人，他常

常会想到一些奇怪的问题，让人感到莫名其妙。

有一天，他吃过晚饭后，拿了一把大蒲扇，坐在门前乘凉，并且自言自语地说：

"假如有一天，天塌了下来，那该怎么办呢？我们岂不是无路可逃，将被活活压死吗？这岂不是太冤枉了吗？"

从此以后，他几乎每天都在为这个问题发愁、烦恼。他越想越觉得危险，越想越觉得天塌下来的可怕，结果日子一久，他连饭也吃不下，觉也睡不着，一天天地消瘦下去了。

朋友们见他终日精神恍惚，脸色憔悴，都很替他担心。当大家知道原因后，都跑来劝他说：

"老兄呀，你何必为这种事自寻烦恼呢？自古以来，就从来没有发生过这样的事，天哪里会那么容易地塌下来呢？再说，即使天真的塌下来了，那也不是你一个人忧虑发愁就能解决的呀，想开点吧！"

可是，无论人家怎么说，他都不相信，仍然时常为这一个不必要的问题而担忧。他一会儿忧虑天空会崩塌，一会儿又担心太阳和月亮会掉下来。但是，日子一年一年的过去了，天不仅没有塌下来，连日月星辰也仍好好的，没什么变化，而这个杞国人却始终在为这个问题担忧。

据说，这个杞国人在临死之前，仍然一直担心天会塌下来呢！

千钧一发

释 义

钧：古代的重量单位，三十斤为一钧。千斤的重量系在一根头发上。比喻极其危险。

✼　　✼　　✼　　✼　　✼

枚乘，字叔，秦建治时古淮阴（今淮安市）人，西汉著名辞赋家。他擅长写辞赋。他在吴王刘濞那里作郎中的时候，刘濞想要反叛朝廷，枚乘就劝阻他说："用一缕头发系上千钧重的东西，上面悬在没有尽头的高处，下边是无底的深渊，这种情景就是再愚蠢的人也知道是极其危险的。如果在上边断了，那是接不上的；如果坠入深渊也就不能取上来了。所以，你反叛汉朝，就如这缕头发一样危险啊！"

枚乘的忠告并没有得到刘濞的采纳，他只好离开吴国，去梁国作梁孝王的门客。

到了汉景帝时，吴王纠合其他六个诸侯国谋反，结果被平灭。

前车之鉴

释　义

鉴：铜镜。引申为教训。前面的车子翻了，后面的车子可引以为鉴。比喻先前的失败，可作其后的教训。

✼　　✼　　✼　　✼　　✼

贾谊，西汉洛阳（今河南洛阳市）人，著名的政论家、文学家，从小就有天才儿童的美誉。当他 18 岁的时候，他所写的文章就已经远近驰名了。

汉文帝听说贾谊很有才学，于是他就特别派人把贾谊请到京都担任博士。那时，贾谊才二十岁。

有一次，贾谊上书给汉文帝，讲述治理国家的道理说：

"秦朝的时候，宦官赵高教导秦始皇的次子胡亥，单教他怎样去处决囚犯，所以胡亥所学习的，不是斩杀犯人，就是怎样灭族。

秦始皇死后，胡亥当上了皇帝。他在即位的第二天就杀人，有人用忠言劝告他，他认为是诽谤；有人向他呈送治国安民的计策，他认为是妖言。他杀起人来，简直就像割草一样。

那么，难道胡亥天生就是这样残暴的吗？不是的。这完全是教导他的人教得不合理，才造成的恶果呀！俗语说：'不熟悉做官的，只要看看他所办的公事成绩如何，就可以知道了！'

俗语又说：'前车之覆，后车之鉴；看到前面的车子倒下来，后面的车子就应该作为警戒！'

秦朝灭亡的'前车'之覆，应该作为我们的'后车'之鉴呀！"

汉文帝看了上书，认为贾谊讲得很有道理，不久便把贾谊升为大夫。后来，汉文帝想继续提拔贾谊，却遭到绛侯周勃等人的反对。于是汉文帝派贾谊出任长沙王太傅，后又调任梁王太傅。

贾谊一直郁郁不得志，死时年仅 32 岁。

黔驴技穷

释 义

黔：地名，今贵州一带。技：技能，本领。穷：尽，完了。黔地的驴子用尽了本领。比喻本领有限，并且已经使完。

从前，贵州一带没有驴子，有个好奇的人就用船运来了一头毛驴。因为不知道它能有什么用，便把它放牧在山脚下。

　　山里的老虎发现了这头毛驴，觉得它看上去很高大，不知道它有些什么本领，不敢靠近它，只是远远地躲在树林里，偷偷地观察它的动静。

　　过了一些时间，老虎放大了胆子，走出树林，一点一点地靠近毛驴，再仔细地瞧瞧它，但仍然不知道它究竟是什么东西。

　　一天，毛驴突然大叫一声，把老虎吓了一大跳，以为它要来吃自己了，急忙逃得远远的。可是，结果并非如此。过了几天，老虎又靠近毛驴，发现它并没有什么特别的本领，对它的叫声也听惯了。于是，向毛驴靠得更近些，在它面前转来转去，结果还是平安无事。后来，老虎靠毛驴更近了，甚至碰撞毛驴的身子，故意冒犯它。毛驴终于被惹得发怒，用蹄子去踢老虎。

　　这一来，老虎反而高兴起来了。它估计驴的技能就这么一点儿，没有什么可怕的，便大吼一声，猛扑上去，咬断了毛驴的喉管，美美地吃了个饱才高高兴兴地离去了。

巧夺天工

释　义

　　夺：胜过。人工的精巧胜过天然。比喻技艺高超巧妙。

东汉末年，上蔡县令甄逸有个小女儿，长得非常漂亮，受到全家宠爱。一天，有个相面先生来到甄家，说是能未卜先知，算出一生凶吉。甄夫人非常相信，请他逐一为自己和女儿看相算命。

相面先生见到漂亮的甄姑娘后，大吃一惊，说她的相貌贵不可言，将来必定是一位贵夫人。甄夫人听了高兴极了，从此留心给甄姑娘找一个有权势的夫家。

当时，出身于四世三公的大官僚家庭的袁绍，担任冀州牧，他第二个儿子袁熙还未成亲。于是甄家托人去说亲。袁熙听说甄姑娘美丽无比，而且是官宦人家出身，请求父亲派人去提亲。这样，甄姑娘便嫁到了袁家。

后来，袁绍在与各地方势力的混战中取胜，握有四州之地，他三个儿子也各领一州。但好景不长，公元200年，他在官渡为曹操大败，不久病死，甄姑娘的丈夫袁熙，不久也被杀死。

当时，袁绍的夫人刘氏和甄姑娘一起住在邺城。曹操的儿子曹丕攻破邺城后进入袁府，见到甄姑娘后，被她的美貌惊呆了。他当即要她理一下披散的头发，并递过手巾去让她擦脸。临走时，留下一队卫兵保护袁府，不准外人闯入。

刘氏目睹曹丕的举动，心里暗暗高兴。曹丕走后，她对甄姑娘说，这一下咱们娘儿俩的性命保住了。果然，不久曹丕禀明曹操，派人将甄姑娘接到自己府里，并与她成了亲。

曹丕对甄夫人宠爱无比，百依百顺。后来曹丕代汉称帝，建立了魏国，甄夫人被立为皇后。当时她已四十岁，为了使曹丕长久宠幸自己，每天早晨都要花许多时间打扮。

据说在她宫室前的庭院中，有一条长得非常美丽的绿色的蛇，它嘴里时常含一颗红珠。每当甄皇后梳妆打扮的时候，它就在她面前盘成奇巧的形状。甄皇后后来注意到，这蛇每天盘一个形状，从来不重复。于是，她就模仿它的形状梳头。

时间久了，甄皇后的头发虽然是用人工梳成的，但它的精致巧妙胜过了天然的。当然，她每天的头发形状也是不同的，后宫的人都称它为"灵蛇髻"。曹丕见了后，觉得她仍然非常年轻漂亮，还是对她十分宠爱。

但是，随着年华的消逝，即使再精致巧妙的梳妆，也无法改变甄皇后失宠的命运。年轻的郭皇后终于替代了她的地位。而她由于对此不满，惹怒了曹丕，最后被下诏赐死。

倾国倾城

释 义

倾：倾覆。城：国。形容女子的容貌特别漂亮，让全城全国的人为之倾倒。

❉　　　❉　　　❉　　　❉　　　❉

我国从秦朝起，国家就设立了音乐官署，称为乐府。到汉武帝时，乐府的规模已很大，掌管朝会宴请、道路游行时所用的音乐，同时收集民间的诗歌和乐曲。当时有位名叫李延年的宫廷乐师，他的父母兄弟都当乐工，妹妹也是一位歌妓。

李延年很受武帝赏识，经常在武帝面前载歌载舞。有一次，他动情地唱道："北方有佳人，绝世而独立。一顾倾人城，再顾倾人国。宁不知倾城与倾国，佳人难再得。"歌词的意思是：北方有个非常漂亮的姑娘，她是绝代佳人，全城、全国的人看了她，都为之倾倒。这种倾城倾国的美人再也难见到了。

汉武帝听了很感兴趣地问李延年："难道世上真有这样的绝代佳人？"李延年还未回答，武帝的姐姐平阳公主就笑着说道："有这样的佳人啊，她就是李乐师的妹妹呀！"武帝立即传令，把这位佳人带进宫来。一看，其美貌果然举世无双，于是将她留在身边，称为李夫人。李夫人不仅漂亮，而且能歌善舞，很受武帝宠爱。

不幸的是，李夫人在武帝身边的时间不长，就患绝症去世了。武帝非常悲痛，把她的画像悬挂在宫里，以示怀念。

秋毫无犯

释 义

秋毫：鸟兽在秋天长的新毛，比喻微小的事物。对别人的利益一丝一毫也不侵犯。形容军纪严明，不拿群众一针一线。

❊ ❊ ❊ ❊ ❊

韩信是秦末汉初一位十分有名的军事天才，但在他的军事才能被人发现之前，却处处遭到冷落。当他听说项羽是一个十分了得的英雄时，就投奔了项羽。在项羽手下时，曾经给项羽提出过许多好的建议，却没有一条被项羽采纳，最后他失望地离开了项羽，投奔到了刘邦手下。

韩信到了刘邦那里之后，因为没有好的引荐人，所以刘邦起初也没有将他看在眼里，只派了一个小小的管理粮食的官职给他。后来刘邦身边的一个重要的谋士萧何发现了韩信的才能，觉得他是一个不可多得的将才，并且在韩信因为失望而离开刘邦时，顾不上天黑连夜追出了很远，将韩信追了回来。萧何此后几次三番地向刘邦推荐，劝刘邦一定要重用韩信，并要用十分隆重的拜将仪式来拜韩信为大将。刘邦见萧何不断地向自己郑重地推荐韩信，于是就看在萧何的面子上拜韩信为大将了。

在拜将仪式结束之后，刘邦很不明白地问韩信："萧何一而再，再而三地向我推荐将军，我很想知道将军到底有什么过人的地方，请将军为我指点一下现在的局势如何呢？"韩信听后谦虚了几句，然后就反问刘邦道："大王您自己评估一下，您和项王在勇敢、仁厚、兵力上，到底谁更强一点？"刘邦听了之后沉默了一会儿，然后很不情愿地说："我在各个方面都比不上他。"韩信听了点点头说："虽然这样，但我认为大王却是唯一可以将项王取而代之的人。"接着韩信就将项羽的特点详细地分析给刘邦听，并指出了在项羽身上存在的几个致命的弱点，最后得出结论说，项羽虽然可以称霸天下，但他实际上并没有得到天下人的民心，没有得到老百姓对他的支持。分析完这些情况之后，韩信又告诉刘邦说："大王如果采用和项王相反的做法，尽量任用英勇而又有才能的人，那么无论怎么混乱的地方都可以平定下来。如果能把天下的城池土地都封给有功劳的部下，那么就没有人会不服从您的指挥。现在大家都希望能打回东方去，而我们制定的军事计划就正好符合他们的意愿，那么就算是遇上再厉害的敌人也会被我们打败。而且当初大王在进入武关的时候，军队纪律严明，没有损害秦国百姓一丝一毫的利益，不仅如此，大王还将秦国制定的许多严酷的法令给取消了，并且施行了不杀人、不伤人、不盗窃这三条法律。另外根据当初楚怀王和诸侯的约定，大王明明就应该在关中当王的，可是大王却没有得到本来应该得到的爵位，这让秦国的老百姓都十分难过。照这个情况来看，现在大王如果率兵东进，关中地区只需要用一纸文章就能重新夺回来。"

刘邦听了韩信的这一番话，十分高兴。这时刘邦才开始后悔自己没有能够早一点认识韩信，在韩信投奔自己之后又没有早一点重用他，好在现在还不晚，所以就立刻采纳了韩信的这些建议，并和他一起商议军队的情况，以及确定各个将领应该带兵攻击的方向和目标。

人杰地灵

释 义

杰：杰出。灵：好。指因杰出的人出生或到过该地而成为名胜。

   ❀   ❀   ❀   ❀   ❀

公元 663 年九月初九重阳节，洪州阎都督在新落成的滕王阁大宴宾客，当地知名人士都应邀出席。王勃正好路过这里，也应邀参加。因为他才十四岁，所以被安排在不显眼的座位上。

阎都督的女婿很会写文章，阎都督叫他预先写好一篇序文，以便当众炫耀一番。

大家酒酣之际，阎都督站起来说："今天洪州的文人雅士欢聚一堂，不可无文章记下这次盛会。各位都是当今名流，请写赋为序，使滕王阁与妙文同垂千古！"话毕，侍候的人将纸笔放在众人面前。但是大家推来推去，没有一个人动笔。后来推到王勃面前，王勃竟将纸笔收下，低头沉思。

过了一会儿，王勃卷起袖口，挥毫即书。阎都督见是一个少年动笔，不大高兴。他走出大厅，凭栏眺望江景，并嘱咐侍从将王勃写的句子，随时抄给他看。

才过一会儿，侍从抄来《滕王阁序》的开头四句："南昌故郡，洪都新府。星分翼轸，地接衡庐。"这四句的意思是：滕王阁所在之处过去届南昌郡治，现在归你洪州府。它的上空有翼、轸两星，地面连接衡山、庐山两山。

阎都督看了，认为这不过是老生常谈，谁都会写，一笑置之。其实，这十六个字把南昌的历史和地理的概况都交代清楚了，纵横交错，起笔不凡。

接着，侍从又抄来了两句："襟三江而带五湖，控蛮荆而引瓯越。"阎都督看了有些吃惊。他想，这少年以三江（指荆江、淞江和浙江）为衣襟，又将五湖（指太湖、鄱阳湖、青草湖、丹阳湖、洞庭湖）为飘带，既控制着南方辽阔的楚地，又接引着东方肥美的越地，大有举足轻重、扭动乾坤之气。写出这样有气魄的句子，不是大胸襟、大手笔是不可能的。

侍从接着抄上来几句，更使阎都督吃惊："物华天宝，龙光射牛斗之墟；人杰地灵，徐孺下陈蕃之榻。"原来，王勃在这里用了两个典故。前一个典故是说，物有精华，天有珍宝，龙泉剑的光芒直射天上二十八星宿中的斗宿和牛宿之间。意思是洪州有奇宝。后一个典故是说，东汉时南昌人徐孺家贫而不愿当官，但与太守陈蕃是好朋友。陈蕃特地设一只榻，专供接待徐孺之用。意思是洪州有杰出的人才。

阎都督越看越有滋味，越看越钦佩，连声称赞："妙！妙！妙文难得！"再也不让女婿把预先写好的序文拿出来了。

王勃写完后，走到阎都督面前，谦逊地说："出丑之作，望都督指教。"

阎都督高兴地说："你真是当今的奇才啊！"

于是重新就座，阎都督把王勃奉为上宾，并亲自陪坐。

人言可畏

释　义

言：语言。畏：怕。指流言飞语是很可怕的。

❋　　　❋　　　❋　　　❋　　　❋

古时候，有个名叫仲子的男青年，爱上了一个姑娘，想偷偷地上她家幽会。姑娘因他们的爱情还没有得到父母的同意，担心父母知道后会责骂她，所以要求恋人别这样做。于是唱道："请求你仲子啊，别爬我家的门楼，不要把我种的杞树给弄折了。并非我舍不得树，而是害怕父母说话。仲子，我也在思念你，只是怕父母要骂我呀。"姑娘想起哥哥们知道了这件事也要责骂她，便接着唱道："请求你仲子呀，别爬我家的墙，不要把我种的桑树给弄折了。并非我舍不得树，而是害怕哥哥们说话。仲子，我也在思念你，只是怕哥哥要骂我呀。"姑娘还害怕别人知道这件事要风言风语议论她，于是再唱道："请求你仲子呀，别爬我家的后园，不要把我种的檀树给弄折了。并非我舍不得树，而是害怕人家说话。仲子，我也在思念你，只是怕人家风言风语议论我呀。"

出口成章的成语故事

忍辱负重

引领青少年成长的必读故事丛书

释 义

忍辱：忍受屈辱。负重：承担重任。能够忍受屈辱，承担重任。

�֎　　✿　　✿　　✿　　✿

公元221年，蜀主刘备不顾将军赵云等人的反对，出兵攻打东吴，以夺回被东吴袭夺的战略要地荆州（今湖北江陵），并为大意失荆州而被杀的关羽报仇。东吴孙权派人求和，刘备拒绝。于是孙权任命年仅38岁的陆逊为大都督，率领5万兵马前往迎敌。

次年初，刘备的军队水陆并进，直抵夷陵（今湖北宜昌东南），在长江南岸六七百里的山地上，设置了几十处兵营，声势十分浩大。陆逊见蜀军士气高涨，又占据有利地形，便坚守阵地，不与交锋。当时，东吴的一支军队在夷道（今湖北宜昌西北）被蜀军包围，要求陆逊增援。陆逊不肯出兵，并对众将说，夷道城池坚固，粮草充足，等我的计谋实现，那里自然解围。

陆逊手下的将领见主将既不攻击蜀军，又不援救夷道，以为他胆小怕战，都很气愤。众将领中有的是老将，有的是孙权的亲戚，他们不愿听从陆逊的指挥。于是陆逊召集众将议事，手按宝剑说：

"刘备天下知名，连曹操都畏惧他。现在他带兵来攻，是我们的劲敌。希望诸位将军以大局为重，同心协力，共同消灭来犯敌人，上报国恩。我虽然是个书生，但主上拜我为大都督，统率军队，我当恪尽职守。朝廷所以委屈诸位听从我的调遣，就是因为我还有可取之处，能够忍受委屈、负担重任的缘故。军令如山，违者要按军法从事，大家切勿违反！"

陆逊的这一席话，众将领都被镇住了，从此再也不敢不听从他的命令了。

陆逊打定主意坚守不战，时间长达七八个月。直到蜀军疲惫不堪，他利用顺风，放火烧毁蜀军兵营，取得了最后胜利。刘备逃归白帝城，不久就病死了。

任人唯贤

释　义

唯：只。贤：指德才兼备的人。只任用有德有才的人。

✿　　　✿　　　✿　　　✿　　　✿

齐襄公有两个弟弟，一个叫公子纠，另一个叫公子小白，他们各有一个很有才能的师傅。由于襄公荒淫无道，公元前686年，公子纠跟着他的师傅管仲到鲁国去避难，公子小白则跟着他的师傅鲍叔牙逃往莒国。

不久，齐国发生大乱，襄公被杀，另外立了国君。第二年，大臣们又杀了新君，派使者到鲁国去迎回公子纠当齐国国君。鲁庄公亲自带兵护送公子纠回国。

公子纠的师傅管仲，怕逃亡在莒国的公子小白因为离齐国近，抢先回国夺到君位，所以经庄公同意，先带领一支人马去拦住公子小白。

果然，管仲的队伍急行到即墨附近时，发现公子小白正在赶往齐国。管仲便上前说服他不要去。但是，小白坚持要去。于是管仲偷偷向小白射了一箭。小白应声倒下，管仲以为他已被射死，便不慌不忙地回鲁国去护送公子纠到齐国去。

不料，公子小白并未被射死。鲍叔牙将他救治后，赶在管仲和公子纠之前回到了齐国都城，说服大臣们迎立公子小白为国君。这就是齐桓公。

再说管仲回到鲁国后，与公子纠在庄公军队的保护下来继任君位。于是，齐、鲁之间发生了战争。结果鲁军大败，只得答应齐国的条件，将公子纠逼死，又把管仲抓起来。齐国的使者表示，管仲射过他们的国君，国君要报一箭之仇，非亲手杀了他不可，所以一定要将他押到齐国去。庄公也只好答应。

管仲被捆绑着，从鲁国押往齐国。一路上，他又饥又渴，吃了许多苦头。来到绮乌这个地方时，他去见那里守卫边界的官员，请求给点饭吃。

不料，那守边界的官员竟跪在地上，端饭给管仲吃，神情十分恭敬。等管仲吃好饭，他私下问道："如果您到齐国后，侥幸没有被杀而得到任用，您将怎样报答我？"

管仲回答道："要是照你所说的那样我得到任用，我将要任用贤人，使用能人，评赏有功的人。我能拿什么报答您呢？"

管仲被押到齐国都城后，鲍叔牙亲自前去迎接。后来齐桓公不仅没有对他报一箭之仇，反而任命他为相国，而鲍叔牙自愿当他的副手。原来，鲍叔牙知道管仲的才能大于自己，所以说服齐桓公这样做。

如释重负

释：放下。负：负担。像放下沉重负担那样。形容人在解除某种负担后轻松愉快的心情。

❋　　　❋　　　❋　　　❋　　　❋

公元前 542 年，鲁襄公病死，公子裯继位，史称鲁昭公。当时，鲁国的实际权力掌握在季孙宿、叔孙豹和孟孙三个卿手里，其中以季孙宿的权力最大，昭公不过是个傀儡。昭公这个国君也不争气，只知游乐，不理国政。生母去世后，他在丧葬期间面无愁容，谈笑自若，还外出打猎取乐。这样，就使他在国内更失去民心。

大夫子家羁见昭公越来越不像样，非常担心，几次当面向昭公进谏，希望他巩固王室的力量，免得被外人夺了政权。但是，昭公不听他的劝告，照样我行我素。

日子久了，昭公终于觉察到，季孙宿等三卿在不断壮大势力，对自己已经构成了严重的威胁。于是，他在大臣中暗暗物色反对三卿的大臣，寻找机会打击三卿。

不久，季孙宿死去，他的孙子意如继续执政。大夫公若、郈（hòu）孙、藏孙与季孙意如有矛盾，打算除掉季孙氏，便约昭公的长子公为密谈这件事。公为当然赞成。

公为回宫和两个弟弟商量后，认为父亲昭公肯定怨恨季孙氏专权，因此劝说昭公除掉季孙氏。昭公听说郈孙、藏孙等大夫与季孙

引领青少年成长的必读故事丛书

氏有矛盾，心里很高兴，就秘密把他们两人召进宫内，要他们一起来诛灭季孙氏。接着，又把子家羁召来，告诉了他这一密谋。

不料，子家羁反对说：

"这可千万使不得！如果这是进谗者利用大王去侥幸行事，万一事情失败，大王就要留下无法洗刷的罪名。"

昭公见他坚决反对，喝令他离去。但子家羁表示，现在他已经知道了这件事的内幕，就不能离宫了，否则泄露出去，就不能摆脱责任。于是，他就在宫中住了下来。

这年的秋天，三卿之一的叔孙豹因故离开都城，把府里的事情托给家臣竖（zěng）戾掌管。

昭公觉得这是个好机会，没有人会去支援季孙氏，便使郈孙、藏孙率军包围了季孙氏的府第。季孙意如来不及调集军队反击，又不能得到叔孙豹的救援，只好固守府第。他向昭公请求，愿意辞去卿的职务回封地去，或者流亡到国外去。子家羁建议昭公答应季孙意如的请求，但是，郈孙坚持非把他杀掉不可。昭公觉得郈孙的意见对，就听从了他的。

再说叔孙豹的家臣竖戾得知季孙氏被围的消息，和部属商量后认为：如果季孙氏被消灭，那么接下来会轮到叔孙氏。所以马上调集军队救援季孙氏。

昭公的军队没有什么战斗力，见叔孙氏的军队冲过来，马上四散逃走。三卿中还有一家孟孙，见叔孙氏家已经出兵救援季孙氏，也马上派兵前往。路上，正好遇到逃退过来的郈孙，便把他抓住杀死。

昭公见三卿的军队已经联合起来，知道大势已去，只好和藏孙一起出奔齐国避难。由于昭公早就失去了民众，所以百姓对他的出奔并不表示同情，反倒觉得减轻了他们身上的重担。

如鱼得水

就如鱼儿得到了水一样。比喻得到了与自己情投意合的人或很适合自己的环境。

✿　　✿　　✿　　✿　　✿

东汉末年，天下大乱，豪杰纷起，群雄争霸。刘备为实现自己统一天下的宏愿，多方搜罗人才，特意拜访隐居在隆中卧龙岗的诸葛亮，请他出山。他连去了两次都未能见着，第三次去，才见了面。刘备说明来意，畅谈了自己的宏图大志。诸葛亮推心置腹，提出了夺取荆州、益州，与西南少数民族和好，东联孙权，北伐曹操的战略方针，预言天下今后必将成为蜀、魏、吴三足鼎立的局面。刘备听后大喜，于是拜孔明为军师。

孔明竭力地辅佐刘备，而刘备对孔明的信任和重用，却引起了关羽、张飞等将领的不悦。他们不时在刘备面前表现出不满的神色，秉性耿直的张飞，更是满腹牢骚。

刘备耐心地作了解释，他形象地把自己比作鱼，把孔明比作水，反复说明，孔明的才识与胆略对自己完成夺取天下大业之重要。他说：

"我刘备有了孔明，就好像鱼儿得到了水一样，希望大家不要再多说了。"

从此以后，刘备在孔明的辅佐下，东联北伐，战荆州，取益州，军事上节节胜利，势力不断扩大，最终与魏、吴成了三足鼎立之势。

孺子可教

释 义

孺子：小孩子。指年轻人有出息，可以造就。

❋　　　❋　　　❋　　　❋　　　❋

张良是汉高祖刘邦的谋臣。在刘邦争夺天下的过程中，他曾经为刘邦提供了许多绝妙的计划，而且还推荐过许多人才给刘邦，是为刘邦建立汉朝立下了汗马功劳的人。

张良出生于战国时期的韩国贵族世家。他的爷爷和父亲曾经辅佐过五朝的韩国国君，当了五个朝代的宰相，但是后来韩国被秦国灭了，张良一家也从贵族变成了平民。当时的张良还是一个血气方刚的少年，为了报家国被灭的仇恨，他拿出了自己的全部家产来进行悬赏，希望能找到一个人去刺杀秦王。虽然他后来找到了愿意去当刺客的人，可是他们的刺杀行动却失败了。秦王下令在全国范围内捉拿刺客的同党和主谋。在这种情况下，张良被迫逃往他乡，最后来到了下邳，并在那里隐居起来。

张良刚到下邳的时候，连门都不敢出，生怕被人认了出来。躲了一段时间后，抓人的风声渐渐小了，张良这才试着走出了家门到外面去探听一下情况。

有一次，张良经过一座桥，遇到了一个老人家。这老人身上穿着一身粗布衣服，脚上穿着草鞋。他看了看张良，然后将自己脚上的鞋一下子踢到桥底下面去了，说："小伙子，去，把我的鞋捡过来。"张良见这个老人很没有礼貌，一开始不想搭理这个老人，但看他一把年纪，肯定行动不方便，只好耐着性子去把鞋捡了起来，然后将鞋递给老人。老人却往地上一坐，说："把鞋给我穿上。"张良一愣，本来想将鞋放在老人身边就离开，可又一想，反正自己已经将鞋捡上来了，再给老人穿上也没有什么大不了的。于是，张良就很恭敬地跪在老人的面前，将鞋给老人穿上。穿好鞋之后，老人站起身来，望着张良笑了笑，转身就离开了。张良感到很奇怪，也起身跟着老人朝桥下走。老人走了一里多路后，才回过头对张良说："像你这样的年轻人的确是可以好好造就一番的，五天之后天刚亮的时候，你到这座桥来等我。"张良听了老人的话之后更惊讶了，他觉得这个老人一定不简单，于是就很恭敬地答应了。

五天之后，张良早早地来到了当初见面时的桥上，不料那位老人已经等候在那里了！老人责备张良来得太晚了，于是叫他回家去，等五天之后再来。

到了第五天约定的日子，张良怕自己又来晚了，于是半夜就起床来到了桥上。这一次他比老人先到了。一会儿之后，老人来到了桥上，见张良已经早早地来到了，非常满意，就从自己的怀里拿出一部书交给了张良，说："你好好读这部书，将来可以给皇帝当老师，十年后可以让你出名，十三年后你到济北谷城山去，在山下有一块黄石，那就是我。"

老人说完之后头也不回地走了，从此再也没有人见过他。天亮之后，张良打开这部书一看，上面清清楚楚地写着《太公兵法》。张良拿到这部书之后，经常研读，从中受到了许多启发，后来，张良利用自己所学到的东西，帮助汉高祖刘邦平定了天下，为建立汉朝立下了盖世奇功。

出口成章的成语故事

塞翁失马 焉知非福

释 义

塞：边疆险要之处。翁：老头儿。比喻遭到暂时的损失，可能因此而得到好处。也指世事多变，坏事可以变成好事。

❋　　　❋　　　❋　　　❋　　　❋

从前，在西北某个要塞附近，住着一个老翁。一天，他儿子的一匹马忽然逃到塞外去了，无法去寻找，为此他很懊丧。附近的人知道后，都来安慰他，劝他别懊丧得闹出病来。

可是，失主的父亲却毫不在乎地对大家说：

"逃失了一匹马，怎么知道不是一件好事呢？"

大家对他的话不理解，但也不便询问，只好离去。

过了几个月，发生了一件意想不到的事：逃失的马忽然回来，并且带回来一匹高大的骏马。附近的人知道了，纷纷来庆贺，并认为老翁先前讲的话很有道理。

不料，老翁对此并不感到高兴，反而冷冷地说：

"逃失的马回来了，还带回来一匹骏马，但又怎么知道这不会成为一件坏事呢？"

大家听了，心里都纳起闷来：这老翁太怪了，明明是件好事，怎么又去想到坏事呢？

老翁的话又讲对了。儿子很喜爱那匹骏马，经常去骑它。不料一次不慎摔下，跌折了脚骨，带来了不幸。附近的人都上门去慰问。

想不到老翁又说了大家不能理解的话：

"跌折了脚骨，又怎么知道不会成为一件好事呢？"

果然，一年后，塞外的匈奴兴兵入侵。老翁家附近的青壮年都应征入伍去作战，结果大多数战死，家里的老人没人照顾，有的因此而死去，而老翁的儿子因为脚跛，未被应征入伍，从而和老翁都保全了性命。

三顾茅庐

释 义

顾：拜访。茅庐：草屋。三次到草屋中拜访。比喻诚心诚意去邀请或多次专程访问。

❉　　　❉　　　❉　　　❉　　　❉

东汉末年，刘备攻打曹操失败，投奔荆州刘表，失意一时。为了日后成就大业，他留心访求人才，请荆州名士司马徽推荐。司马徽说：

"此地有'伏龙'、'凤雏'，二人得一，可安天下。"

刘备多方打听，得知"伏龙"就是诸葛亮。此人隐居在襄阳城西二十里的隆中，住茅庐草棚，耕作自养，精研史书，是个杰出人才。刘备便专程到隆中去拜访。

他前后一共去了三次，前两次诸葛亮都避而不见，第三次才亲自出迎，就在茅庐中和刘备共同探讨时局，分析形势，设计如何夺取政权统一天下的方略。刘备大为叹服，愿以诸葛亮为师，请他出山相助，重兴汉室。诸葛亮深为刘备多次拜访自己的草屋的诚意所打动，答应了刘备的请求，离开隆中一展自己的政治抱负。

此后，诸葛亮成为刘备的主要谋士，帮助刘备东联孙吴，北伐曹魏，占据荆、益两州，北向中原，建立蜀汉政权，形成与东吴、曹魏三国鼎立的局面。

刘备去世后，诸葛亮秉承刘备遗志，继续出兵伐魏。他在向后主刘禅（阿斗）上的一道奏表中写道：

"先帝不嫌臣卑微鄙陋，屈尊枉驾，前后三次亲自登门，访臣于草庐之中……"这篇奏表流露出对刘备给予的知遇之恩念念不忘，感情真挚动人。

神机妙算

释 义

机：心思。算：计划，筹谋。灵巧的心机已达到神奇的程度。形容计谋高明。

❉　　　❉　　　❉　　　❉　　　❉

公元208年，曹操率领二十余万大军南下，准备一举消灭孙权和刘备的势力，统一全国。刘备派诸葛亮去东吴联合孙权，共同对付曹操。

东吴的大都督周瑜是位名将，但他嫉妒诸葛亮的才能，总想借机把他除掉。诸葛亮很了解周瑜的心思，可是为了顾全大局，只好与周瑜一起共事。

有一次，诸葛亮接受了三天内造出十万支箭的任务，并且立下军令状，到时交不出十万支箭，就要被斩首。

周瑜暗暗高兴，料定诸葛亮不能完成这个任务，到时就可以毫不费力地把他除掉。他还暗中吩咐造箭军匠故意拖延时间，不给诸葛亮准备所需要的材料。

但是，诸葛亮胸有成竹，自有妙计。他私下向大将鲁肃要了二十只快船，每只船上配置三十名士兵；船上都用青布做帐幕，每只船上扎放了一千多个草人。

一天、两天，诸葛亮都没有动静，周瑜认为这次诸葛亮必死无疑。不料到了第三天凌晨，诸葛亮趁江面上笼罩着大雾，下令将草船驶近曹军水寨。他和鲁肃一面在船中饮酒，一面命令士兵在船上擂鼓呐喊，装作攻打曹军的样子。

曹操听到江面上鼓声、呐喊声大作，以为敌军趁大雾前来袭击水寨，慌忙命令曹军不要出击，奋力用箭射向对方。霎时间，曹操水陆两军一万多弓箭手一齐朝江中射箭。

等到太阳初开、雾散之后，诸葛亮下令各船迅速驶回。这时，二十只船的草人上已经挂满了箭。远远超过了十万支。他又让各船士兵齐声高喊"谢丞相赠箭"。等曹操明白真相时，诸葛亮的草船已经驶了二十多里，无法追赶。曹操懊悔不已。

鲁肃把诸葛亮草船借箭的经过告诉周瑜以后，周瑜大吃一惊，感慨万分地叹道：

"诸葛亮灵巧的心思已达到神奇的程度，我不如他。"

生灵涂炭

引领青少年成长的必读故事丛书

释 义

生灵：百姓、人民。涂炭：烂泥和炭火，比喻困苦的境地。形容百姓处于极端困苦的境地。

❋　　　❋　　　❋　　　❋　　　❋

十六国时期，前秦在苻坚的统治下，加强了中央集权。他注意农业生产，增加了财政收入，逐步统一了北方大部分地区，并夺取了东晋的一小部分土地。但是，由于连年用兵，百姓负担沉重，加深了境内的阶级矛盾。特别是建元十九年（公元383年），苻坚征调90万大军攻伐东晋，结果在淝水大败。国家元气严重受损，各族首领乘机反秦自立。

两年后，前秦受到后燕和后秦的攻伐，都城长安被困。苻坚被迫退到五将山，不久又被后秦王姚苌（cháng）的军队活捉，囚禁在一个寺庙里。姚苌威逼苻坚交出玉玺，苻坚不仅坚决拒绝，而且痛骂姚苌。于是姚苌下令处死了苻坚。

前秦的幽州刺史王永得知这个消息后，立即派人通知苻坚的儿子苻丕，并拥立他即皇帝位。第二年，苻丕大封群臣，王永被加封为左丞相。

王永就任后，写了一篇檄文（一种用于晓谕、征召、声讨等的文书），号召前秦在各地的武装力量联合起来，讨伐后秦的首领姚苌和后燕的首领慕容垂。檄文中写道：

"先帝不幸在贼人控制的地方被害，京师长安成为敌人的巢穴，国家凋败，百姓生活在泥沼、炭火之中，痛苦不堪。各地文武官员见到本檄文后，要马上派兵马前来会师，准备作战。"

尽管如此，但由于后秦兵力强大，王永指挥的各地兵马实力不强，终于失败。公元 394 年，前秦被后秦攻灭。

声东击西

释　义

指造成要攻打东边的声势，实际上却攻打西边。是使对方产生错觉以出奇制胜的一种战术。

✤　　　✤　　　✤　　　✤　　　✤

秦朝灭亡以后，刘邦和项羽打起仗来。有一年夏天，刘邦在彭城被项羽的楚军杀得大败，许多将官也投降了项羽。本来已经归顺刘邦的魏王豹也投降楚军。这对刘邦在军事上造成极大的威胁，有被他们左右夹击的危险。刘邦派郦先去说服魏王豹，动员他重新回到汉军来，可是魏王豹哪里肯呢？没有办法，刘邦只好派韩信为左丞相，领兵去攻打魏王豹。

貌王豹得知汉军进攻的消息，就任命柏直为大将，统率兵马扼守在黄河东岸的蒲坂，封锁黄河渡口临晋津，阻止汉军渡河。柏直还命令部下，把老百姓的船只全部搬走，不许民船下河。他把薄坂防守得十分严密，自以为汉军就是插上翅膀，也难以飞过黄河，魏王豹可以高枕无忧了。

韩信带领汉军来到前线，看到薄坂地势险要，柏直又有重兵坚守，知道从这里硬攻很难获胜。经过反复考虑，他想出一个战术，将军营扎在蒲坂对岸，军营四周插上旗帜，又弄来一些船只。白天让士兵操练、呐喊；夜里掌灯举火，调兵遣将，作出要从这里强渡黄河的架势。背地里他却把汉军主力偷偷向北移动，选择了夏阳作为偷渡黄河的据点。

魏王看到黄河对岸的汉军调动繁忙、喊杀震天，以为韩信真要从蒲坂渡河。柏直乐得拍手大笑：

"韩信之辈真是一伙笨蛋，我这里坚如磐石，固若金汤；再加上黄河水深流急，休想渡过河来！"

于是他便放心地睡觉去了。

汉军开到夏阳以后，韩信命令士兵赶紧做木桶。把几个木桶连在一起，上面拴上木排，倒扣在水面上就成了渡筏。汉军乘着这些渡筏，偷渡到对岸。因为魏军在那里没有派兵防守，所以汉军顺利地渡过黄河，攻陷了魏军后方要地安邑。

魏王豹毫无准备，慌忙领兵迎战，结果让汉军打得很惨，他自己也被韩信活捉了。

世外桃源

释　义

指不受外界干扰的、安乐美好的地方或幻想中的美好世界。

在晋朝孝武帝时期，湖南武陵有一个以打鱼为生的渔夫，常常驾着自己的小船在附近的河里打鱼，所以他对住家附近的河流都非常熟悉。

有一次，他又驾着小船去捕鱼。这次他是沿着一条溪水行驶的，也不知走了多远，这个渔夫竟然迷路了。这让他大吃一惊，自己对这一带已经很熟悉了，怎么可能找不到回家的路呢？于是他不甘心地继续沿着溪水行驶。忽然，他看见前面有一大片桃林，沿着岸边大约有几百米。满树的桃花正开得灿烂。这片桃花林中没有一棵杂树，全是桃树，风一吹，落花飞扬，让人看了眼迷心醉。渔夫感到很惊奇，于是就想找到这桃花林的尽处在哪里。

又行驶了一段路程之后，渔夫终于找到了桃花的源头，那也是这条溪水的源头。靠近源头的地方有一座山，山脚下有一个小洞，里面似乎还透出一点亮光。渔夫下船走到洞口，试了试，觉得自己完全可以进去，只是有点窄，要慢慢地走才行，否则一不小心就会碰了头或是撞了身子。

渔夫小心地走了几十步之后，就觉得眼前突然一亮，视线一下子就开阔了，原来已经走出了山洞。呈现在渔夫面前的是一片广阔的天地：平整的土地，许多排列整齐的房屋，围绕着房屋四周的耕作得很好的肥沃的土地，一些鸡鸭在田边啄食，鱼塘里不时有鱼儿跳跃起来，桑树、竹林、农舍、田地。外面有的这里都有，只是这里一切都显得那么的祥和安宁。

这时，有人发现了渔夫，大家对他的到来十分的震惊，问他是从哪里来的。渔夫就将自己的一些经历告诉了这些人。大家听说从外面的世界来了一个人，都很好奇，纷纷围着渔夫问这问那。渔夫很惊奇地问他们是怎么到这里的。这些人告诉渔夫，自己的祖先为了躲避秦朝的战乱，就将自己的家人全部带到了这里，已经在这里生活了很久，而且从来没有出去过，根本就不知道有汉朝，更不用说魏国和晋朝了。大家对外面的世界感叹不已，认为自己的祖先太英明了，找到了这么一个好地方让他们生活，否则他们也会经历很多的战乱，哪里还能过现在这种安定的生活呢？

渔夫在这里待了好几天，这里的人家轮流请渔夫去做客，听他讲外面的世界。后来，渔夫决定离开这里回家去，大家都来给他送别，并一再请求他不要将这里的情况告诉给外面的人，因为他们不想被外面的世界影响。

渔夫告别了这些人，就从原路返回。但他没有遵守自己的承诺，在回来的路上，处处作上记号，以方便自己以后再来。当他回到自己的家乡时，就将自己的这番奇遇向武陵太守报告了。太守对这件事非常感兴趣，派人跟着这个渔夫，想去看看他所说的那个世外桃源。但是，这次渔夫又迷路了，怎么也找不到自己当初走的路，更不用说自己作的记号了。

后来，南阳有个叫刘子骥的人，他非常爱好游历名山胜水。听说了渔夫的故事之后，他也很感兴趣地去寻找这个美好的世界，可惜的是，这位刘子骥找了许久也没有能够找到这个神奇的地方。再后来，刘子骥得病去世了，就再也没有人去寻找这个地方了。

视死如归

释 义

对死亡无所畏惧，把死看做像回到家中一样。形容为了某种理想或正义事业，不惜牺牲生命。

✿　　✿　　✿　　✿　　✿

管子，即管仲，名夷吾，字仲，颍上人，春秋初期政治家。春秋初期，公任命当时的大夫鲍叔牙为宰相，鲍叔牙婉言谢辞了，却举荐管仲。齐桓公问管仲治理政治、复兴国家的方针大略。管仲答复齐桓公说："开垦大量的土地，扩大城镇的规模，发展生产，利用土地创造尽可能多的财富，我不如宁越，请派他去做管理经济的官；审时度势，说话有分寸，举止得体，礼仪娴熟，我不如隰（xí）朋，请派隰朋去管理外交；不辞辛劳，不惜个人生命，不计较个人富贵名利，忠诚耿直，敢冒犯进谏，我不如东郭牙，请派他做主管监察的大臣；整肃军队，打仗英勇，战鼓一鸣，全军将士毫不畏惧，一致英勇挺进，把死看成回家一样，我不如王子城父，请派他去管理军队；断案英明，不杀无辜的人，不冤枉无罪的人，我不如弦章，请派他管理司法。你如果想治国强兵，有这五个人就足够了，若你还想称霸的话，那么，还有我管仲在这里。"齐桓公听了管仲的话，觉得很有道理，连连称赞管仲，任他做宰相，并依照管仲的意见，分派了这五个人的官职，让他们接受管仲的统一领导。这五个人果然在自己的职位上都干得很好。在管仲的辅佐下，十年以后，齐国渐渐地强大了起来，成了诸侯国的霸主。

势如破竹

释 义

势：形势，气势。形势就像劈竹子，头几节劈开以后，下面各节就顺着刀势分开了。形容节节胜利，毫无阻碍。

❋　　　❋　　　❋　　　❋　　　❋

杜预，字元凯，京兆杜陵（今陕西西安）人。西晋军事家、学者，精通经学。就在他被封为镇南大将军、都督荆州军事后不久，他又向晋武帝建议出兵彻底消灭吴国。晋武帝犹豫未决，便召集大臣们一起商议，结果有不少大臣表示反对。他们认为吴国是一个强敌，加上当时正值盛暑，河水泛滥，很容易发生瘟疫，对不适应在沼泽地区打仗的北方士兵来说，是很不利的，不容易取胜。因此他们建议等到明年春天再发兵，那时才有比较大的取胜把握。

可是，杜预却坚持自己的主张。他说："战国时代的燕国大将乐毅，在洛西一战，一口气攻下了齐国70多座城池。这除了指挥有方以外，主要是士气旺盛；而现在我们已经灭掉了蜀国，将士的士气正在旺盛的时候，在这样的情况下发兵去攻打吴国，就像是劈竹子一样，等劈裂几节以后，剩下的便会迎刃而解，而不会有任何阻碍了。"

晋武帝听了，同意了杜预的意见。于是，杜预立刻出兵，他在不到十天的时间里，攻占了吴国的许多城池，还俘虏了吴国都督孙歆和文武高级官员二百多人。接着，杜预率大军顺利地向吴都建业进发，很快攻下了建业，灭掉了吴国。

叹为观止

释　义

叹：赞叹。观止：看到了止境，看到了尽头。赞叹所见事物已好到极点。

✽　　　✽　　　✽　　　✽　　　✽

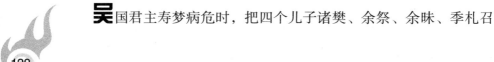

吴国君主寿梦病危时，把四个儿子诸樊、余祭、余眛、季札召

集到病床前，安排后事。寿梦认为幼子季札最贤能，想让他作君主，可是季札拒绝了。于是，寿梦立下遗规，由四个儿子依次传位，最终由季札为君。

寿梦死后，诸樊为君 13 年死了，余祭在位 17 年被刺杀，三弟余昧继位，拜季札为相。季札主张罢兵安民，结交齐、晋等中原诸侯。余昧同意季札的主张，派他出使鲁、齐、郑、卫、晋等国。

公元前 544 年，吴公子季札来到鲁国，表示愿与鲁国世代友好相处。鲁国很高兴，用舞乐招待季札。季札精通舞乐，一边观赏，一边品评，当鲁国演出《韶箭》舞时，季札便断定这必然是最后一个节目了。观罢《韶箭》，季札赞叹一番，然后非常得体地道谢："这舞乐好极了，我们就观看到这里为止吧！"鲁国人感到非常惊奇，季札竟能预知这是最后的一个节目！

探囊取物

释义

囊：袋子。探囊：手伸进口袋。手伸到口袋里摸东西。比喻一件事非常容易办到。

❈   ❈   ❈   ❈   ❈

五代时，后唐的名士韩熙载因父亲被明宗李嗣源所杀，准备离开中原，投奔江南的南唐。

韩熙载有个名叫李穀（gǔ）的好朋友为他送行。道别时，韩熙载对李穀说："江南的国家如果任用我为宰相，我定能率军北上，迅速平定中原。"李毂听后说："中原国家如果任用我为宰相，那夺取江南各国好比把手伸到口袋里取东西那样容易。"

韩熙载投奔南唐不久，吴国就被南唐攻灭。但是，南唐也国事多变，奸臣当道，他未能得到重用。于是，他借酒消愁，与歌妓厮混在一起，因此一直未能当上宰相。他原先的誓言，自然没有得以实现。

李毂的情况与韩熙载不同。他做北方后周的将领，奉命征伐南唐。他在南征过程中打了不少胜仗，屡建战功。只是他当宰相的誓言也没有实现。

螳臂当车

释 义

螳臂：螳螂的前腿。当：阻挡。螳螂举起臂膀抵住车子。比喻势力单薄，不自量力。

✳   ✳   ✳   ✳   ✳

鲁国的名士颜阖来到卫国游历，卫灵公听说他很有才学，便打算聘请他当自己长子蒯聩（kuǎi guì）的老师。

颜阖风闻蒯聩非常凶暴，任意杀人，卫国的人对他十分惧怕。对这样的人是否可以教导，他吃不太准，因此去请教卫国的贤人蘧（qú）伯玉。

颜阖把自己对蒯聩的了解告诉了蘧伯玉，然后问道：

"如今大王要我当他的老师，要是我同意了，会很难办的。如果放任他而不引导他走正路，他一定会继续残害国人，给国家带来危难；如果对他严加管束，制止他胡作非为，他就会来害我。我该怎么办呢?"

蘧伯玉回答说：

"你想用自己的才能去教育蒯聩，是很困难的。如真的当他老师，应该处处谨慎，不能轻易地去触犯他，否则会惹出杀身之祸。就像有个人太爱自己的马了，见有虫咬马，便赶紧猛力拍打。结果惊了马，自己也被马踢死。"

蘧伯玉见颜阖不住地点头，便又举了一个例子：

"你知道螳螂吗？一次我乘马车外出，看到路上有只螳螂，不顾车轮正在朝它滚去，却奋力举起两条前腿走来，想挡住车轮行进。它不知道自己的力量根本不能胜此重任，结果当然被车轮辗得粉身碎骨。螳螂所以被碾死，是因为它不自量力。如果你也不自量力，想去触犯蒯聩，恐怕也要落得个与螳螂挡车一样的下场。"

颜阖听了，决定不去触犯蒯聩，尽快离开卫国。后来，蒯聩因闹事而被人杀死。

天衣无缝

释 义

缝：缝隙。原指天上神仙穿的衣服因不是针线所缝，所以没有衣缝。现比喻事物周密完美，没有任何破绽、缺点，不留任何痕迹。

引领青少年成长的必读故事丛书

传说唐朝时，有个御史叫郭翰。此人善于观察分析问题。许多官员贪赃枉法的行为，都败露在他的手中。

盛夏的一个晚上，天气闷热，郭翰在屋子里实在睡不住了，便搬了个竹床到院子里去睡。

仰面躺在竹床上，他看着皎洁的月亮，辨别着满天的星斗，倒也趣味盎然。

突然，他发现天空中有一女子由远及近飘然而下。郭翰几乎不相信自己的眼睛。用手揉一揉，想把眼睛睁得更大些，看看清楚。

确实是一个女子穿着五彩衣裙，散发着淡淡的香味，落在郭翰跟前。

郭翰看着那女子，不禁想起每年七月初七牛郎织女鹊桥相会的传说，脱口而出：

"你是天上的织女吧！"

美丽的织女回答说：

"我是天上的织女。"郭翰目不转睛地看着美丽的织女，打量着那随风飘飞的衣裙。突然，他发现，织女的衣服没有缝纫的针脚，感到很奇怪，就问：

"咦！你的衣裙怎么是不用线缝的呢？"

织女说："我是天上的神仙，神仙穿的都是天衣，天衣本来就不是用针线缝合的，所以就不会有缝的痕迹了。"

织女说完，轻盈地飘离地面，升向空中。郭翰看着织女，嘴里喃喃地说：

"哦，原来天衣是没有缝的！"

同甘共苦

释 义

甘：甜的，指幸福。共同享受幸福，共同担当艰苦。

❋ ❋ ❋ ❋ ❋

战国时期，燕国的国君燕王哙想学习古代的那些贤明的君主，不将王位传给自己的儿子，而是找一个有才能的贤人来继承。于是他把自己的王位传给了他认为很有才能的一位大臣——宰相子之。

但是这个宰相子之却不是他想象中的贤人，而是一个很懂得掩盖自己真实面目的恶人。他当上了燕国的国君之后，立刻就暴露出了自己残暴的一面，弄得燕国的百姓都没有办法生存下去了。这时燕王哙的太子就联合了一些同样反对子之的人起兵讨伐他。但是这次的讨伐却没有成功，他们很快被子之消灭了，太子也被杀死了。这时燕国的百姓再也不能忍受了，燕国国内到处都是起来反抗子之的人马，整个国家陷入了一片动乱之中。

这时，齐国的齐宣王见燕国内乱，就趁机带兵打了进来，很快占领了燕国的国都，将燕王哙和子之都杀了。齐宣王本来想将燕国占领之后，把燕国编进自己的领地里去，但他的做法却遭到了其他诸侯国的一致反对。迫于压力，齐国只好放弃了这个想法，准备撤兵回国，但他们在回国之前，将燕国的大量财物都抢走了，并且仍然占有了燕国的十座城池。

齐国退兵之后，燕国的人民知道不能再这样互相攻击下去了。

于是他们就推选燕王哙的另一个儿子公子职为王，他就是燕昭王。

燕昭王继位后，很想尽快将燕国的力量发展起来，收复失去的土地，报齐国入侵燕国的仇恨。但他有这个心，却不知道该怎么样去做。于是，燕昭王带了一份厚礼，亲自前去拜访贤能之士郭槐，希望他能给自己一些好的建议。

当燕昭王来到郭槐居住的地方时，他很恭敬地向郭槐请教到："先生，经过这一场大难之后，我很想让燕国强大起来。但这必须要靠许多有能力的人共同来完成，但是我却不知道该从哪里做起，也不知道该怎么做，请先生给我一些好的建议。"

郭槐见燕昭王的态度十分诚恳，就认真地回答说："如果大王您想要让那些贤能的人来帮助您完成愿望，就应该像现在这样亲自去拜访他们，才能说服他们出来为燕国出力。"燕昭王又问道："那么我应该先去拜访谁比较合适呢？"郭槐回答说："如果大王您真的想要招揽天下的贤士来燕国，就先从我开始吧。如果那些有才能的人看见大王连我这样没有多少本事的人都这么重用，那么不用大王您亲自前去，他们也会跟着到燕国来的。到那时，大王只要对他们恭敬重用，就不愁不能报齐国侵略之仇了。"

燕昭王听了之后就真的回去给郭槐建造了住所，并派了许多的侍从来照顾他，而燕昭王自己更是像对待自己的老师一样很恭敬地对待郭槐，还经常到郭槐的住所恭恭敬敬地向他请教问题。

这件事传出去之后，天下人都知道燕昭王正在真心地征求贤能之士。于是一些有才能、有品德的人纷纷前去燕国，向燕昭王表示愿意留在燕国共同帮助燕昭王处理国事，振兴燕国。这些人中包括魏国的乐毅、齐国的邹衍、赵国的剧辛。很快，燕国就聚集了许多贤能之士。在他们的共同努力下，燕国越来越强大了。

而在这期间，燕昭王自己也是身体力行。他吊唁死者，慰问生者，跟燕国的百姓一起欢乐，共渡难关。经过了二十八年的休养生息之后，燕国终于富强了。这时燕昭王就派乐毅为上将，联合了秦、楚、魏、韩、赵等国家一起对齐国发动攻击。在乐毅的指挥下，联军很快就打败了齐国的军队，占领了齐国的都城，抢夺了齐国大量的财物，烧毁了齐国的宗庙和宫殿，夺回了自己的土地，胜利凯旋了。

痛定思痛

释　义

痛：痛苦。定：平静。经过痛苦以后，回想当时的痛苦，以吸取教训，警惕未来。

✳　　　✳　　　✳　　　✳　　　✳

公元 1275 年，元军逼近南宋都城临安。这时，不论是应战、守城还是迁都，都已经来不及了。朝中的大小官员聚集在左丞相的官署里，都不知道用什么办法来解除危难。

为了缓解危急的局势，同时考虑到先前派往元营的使者从未有被扣留在元营的，便想找个机会去元营窥察一下元营的情况，找出挽救国家危亡的计策，于是，文天祥毅然辞去右丞相的职务，以资政殿学士的身份前往元营。到元营后，文天祥以慷慨激昂的言辞，痛斥了元军南侵的罪行。面对大义凛然的文天祥，元帅伯颜非常惊慌，却又钦佩他的才识，企图引诱他投降。文天祥严词拒绝，元帅以死相威胁，文天祥也毫不动摇。

不久，元军让继文天祥任右丞相的贾余庆以祈请使的身份前往

引领青少年成长的必读故事丛书

元朝的京城大都，伯颜强迫文天祥随同前往。文天祥认为，按照常理他应当自杀。但他抑制住自己的心情，忍耐着所受的屈辱，还是随贾余庆去了。船驶到京口，文天祥乘敌人不备，与同去的幕客乘上一条小船脱身。接着，一行人来到了真州。文天祥把敌人的军情虚实告诉了真州守将苗再成，同时写信给淮东、淮西两位边帅，约他们联合行动。

不料，驻扬州的淮东边帅李庭芝以为文天祥已投降元军，这回是来代敌人骗取扬州城的，所以命令苗再成除掉他。苗再成不同意这样做，也不忍下手，于是送文天祥出城，劝他逃到淮西去。文天祥不得已，只好改名换姓，隐蔽行踪，在荒野里赶路，在露天下歇宿，每天与敌人的骑兵周旋于淮河地区。

为了消除李庭芝的误会，文天祥前往扬州，准备当面与他说清楚。但凌晨时抵达扬州城下，听一守门人说李庭芝已下令逮捕文天祥，他自知一时难以解释明白，不得已再次离开扬州。后来他得到一只船，避开被敌人占据的小岛，绕过扬子江口，进入苏州，来回转移在四明、天台一带，终于到达了永嘉。

早在通州的时候，文天祥就听说恭帝的弟弟赵昰在福州即位。因此，到永嘉后，文天祥又乘海船去福州。

文天祥在从元军手中逃脱到渡海南下途中，写了许多记录自己危急遭遇和抒发自己爱国之情的诗篇。后来他把这些诗作汇成一个集子，命名为《指南录》。"指南"是表示他像磁针一样，永远指向南方，表明了他对宋王朝的一片忠心。

在《指南录后序》中，文天祥概述了自己去元营谈判被驱北行中途逃脱流亡到福州的遭遇。其中的第四段，列数了自己遭遇的险境，几乎没有一天不遭遇到死亡的威胁。他叹道：生与死是像昼夜转移一样平淡的事。死了也就算了，但是艰危险恶的处境反复错杂地出现，不是人世间所能忍受得了的。痛苦的事情过了之后，再回想起当时的痛苦，这种痛楚又是多么的深啊！

投鼠忌器

释　义

投：投掷。忌：担心害怕。投掷东西打老鼠，又担心砸坏旁边的器物。比喻采取行动有所顾虑，想干而不敢放手去干。

✲　　　✲　　　✲　　　✲　　　✲

贾谊，是西汉初期著名的辞赋家和政论家。贾谊的政论文，都能切中时弊，提出不少重要的见解。其中的《陈政事疏》（又名《汉安策》）指出，当时诸侯王割据一方、竞相扩充实力的局面，隐藏着分裂中央政权的危机。他建议削弱诸侯王的势力，巩固中央集权。

贾谊在《陈政事疏》中还提出，应该坚决实行严格的等级制度。他认为，皇帝是至高无上的。皇帝管辖的大小官吏，好比一级一级的台阶，应该界限分明，不可混淆，做到尊卑有序。百姓犯了法，可用在脸上刺字、割鼻子、砍脚、鞭打等手段去惩治，但王侯大臣犯了法，不能采用这些刑罚，而应用"廉耻节礼"等封建道德来约束。王侯大臣即使犯了天大的罪，也只能赐他们死，因为他们是皇帝身边的达官贵人。

为了说明自己主张的正确，贾谊引用一个谚语说：本来想用东西投掷老鼠，但又顾忌会打坏它旁边的器物。这是一个很好的比喻。老鼠靠近器物尚有所顾忌，不用东西去投掷它，唯恐损伤器物，何况对贵臣的处置呢。他们是皇帝身边的人，对他们施用惩治老百姓的刑罚，就会损害皇帝的尊严。

推心置腹

释　义

推：推移。置：安放。推出自己的真心，放置在人家的腹中。比喻真诚对人。

✽　　　✽　　　✽　　　✽　　　✽

西汉末年，王莽篡夺政权，建立了新王朝。可是王莽对于处理政事，却十分无能。他怕别人以他篡汉的方式来夺取他的政权，所以对手下的人一个也不信任。事情无论大小都要亲自处理，而政令的下达则全凭他当时的兴致，因此常有朝令夕改的情况发生。

这种情况下，老百姓纷纷举行起义。当时声势最大的一支起义军叫绿林军，他们拥立汉宗室刘玄为皇帝，而同为汉宗室的刘秀也乘机起兵，投奔刘玄。

后来，刘秀率军在昆阳大败王莽的新军，被刘玄封为破虏大将军。接着，绿林军攻占了长安，杀死了王莽。刘秀受命攻打邯郸，很快又攻下邯郸，杀掉了自称天子的王郎。刘玄见刘秀屡立大功，封他为萧王。

这时，北方尚未全部平定，于是刘秀又带兵北上。公元 24 年，刘秀率大军来到邬地，围攻另一支农民起义军——铜马军。经过鏖战，铜马军被刘秀打败，有好几十万人投降了刘秀。刘秀把这些投降的军队一一整编，编入自己所属的队伍中。而铜马军中那些原来的将领，仍一一派给他们官职，让他们带领原来的人马。

但铜马军的将领却忧心忡忡，他们感到自己原来是刘秀的敌人，将来一定不会有好日子过，甚至担心将来刘秀会杀死他们。

刘秀知道他们的疑虑后，便只带了两个随从，到新投顺的各营去巡察。这些投降的官兵们看到刘秀这种完全信任他们、没有丝毫戒心的作法，便高兴地在私底下说：

"萧王这个人很诚恳，他向我们推出自己的真心，与我们坦诚相待，我们怎能不为他卖命呢？"

这样一来，刘秀的实力大增，后来他终于重新统一了中国，建立了东汉王朝，成为历史上有名的光武帝。

玩物丧志

释 义

指人沉湎于所爱的事物而使意志消磨，丧失了进取向上的志向。

* * * * *

姬发攻灭商朝后，建立了周朝，历史上称他为周武王。武王把占领的土地分封给有功的人臣和诸侯，并且派出大批使者到各边远地区去宣扬自己的武功文治，号召远方各国和部族都来臣服。

不少远方的国家和部族慑于武王的威名，派使者来到周朝称臣，同时带来了许多贡物。在这些贡物中，有一只被称为獒的狗。这獒身体大，尾巴长，四肢比较短，毛呈黄褐色，凶猛善斗，可做猎犬。这畜生很有灵性，见到武王后就匍匐在地，似乎在行拜礼。武王很高兴，吩咐侍从好好喂养它，并重赏了献獒的使者。接着，就乐滋滋地与它逗玩起来。

太保如公奭觉得，作为一个君王，对此要有所节制，于是作了一篇名叫《旅獒》的文章呈给武王。文中写道：沉湎于侮辱和捉弄别人，会丧失自己崇高的德行；沉湎于所喜爱的事物，会丧失自己进取的志向。创业不易，不能让它毁于一旦啊！武王读了这篇文章，想到纣王荒淫无度导致商朝灭亡的教训，觉得如公奭的文章有道理，于是下令将贡物分赐给了各功臣和诸侯。

妄自尊大

释 义

妄：虚妄，不实。形容人狂妄地夸大自己，以为自己了不起，轻视别人。

＊　　　＊　　　＊　　　＊　　　＊

东汉初年，刘秀做了皇帝，称光武帝。当时，政权虽已建立，但天下尚未统一，各路豪强凭借自己的军队，各霸一方，各自为政。

在各路豪强中，公孙述最为强大，他在成都称帝。为此，在陇西一带称霸的隗嚣，派马援去公孙述处探探情况，以商讨如何才能长期地割据一方。马援在隗嚣手下，是个很受器重的将才，他接受使命，信心百倍地踏上征途。因为公孙述是他的同乡，早年又很熟悉，所以这次去，他心想一定能受到热情的欢迎和款待，可以好好地叙旧说故。然而事出意外，公孙述听说马援要见他，竟摆出了皇帝的架势。自己高居殿上，派出许多侍卫站在阶前，要马援以见帝王之礼去见他，并且没说上几句话就退朝回宫，派人把马援送回去了。接着，公孙述又以皇帝的名义，给马援封官，赐马援官服。

对此，马援当然很不愉快，他对手下的人说：

"现在天下还在各豪强手中争夺，还不知道谁胜谁败，公孙述如此铺张、大讲排场，自以为强大，有才干的人能留在此与他共同建立功业吗？"

马援回到隗嚣处，对隗嚣说："公孙述就好比井底的青蛙，看不到天下的广大，自以为了不起，我们不如到东方（洛阳）的光武帝那里去寻找出路。"

后来，马援投靠了光武帝刘秀，在光武帝手下当了一位大将，竭尽全力，帮助光武帝统一天下。最后，公孙述被刘秀打败了。

望梅止渴

释　义

眼望梅林，流出口水而解渴。比喻从不切实际的空想中得到安慰。

✿　　✿　　✿　　✿　　✿

曹操，字孟德，沛国谯（今安徽亳州）人，三国时著名的政治家、军事家、诗人。他足智多谋，善于解决用兵中的各种复杂问题。

有一年夏天，他带领一支大军，经过一个没有水的地方。当时已经到了中午，烈日当空，天气十分炎热。将士们携带着沉重的武器，全身都被汗水浸湿，又热又渴，非常难受。这对行军带来了严重的影响。

曹操见将士们一个个舔着干燥的嘴唇，勉强行走，心里非常焦急。他把向导叫来，问他附近有没有水源，向导作了否定的回答。曹操不甘心，下令队伍原地休息，派人分头到各处去找水。

过了好一会儿，派了去的人全都提着空桶回来了。原来，这里是一片荒原，没有河流，也没有山泉，根本找不到水。

曹操又下令就地挖井。士兵们挥汗挖土，但过了好长时间，也挖不出一滴水。

曹操心想，情况很严重，如果在这里久留，会有更多的人无法坚持下去。他灵机一动，站到一个高处，大声说道：“有水啦！有水啦！”将士们听说有水，全都从地上爬起来，兴高采烈地问道：“水在哪里？水在哪里？”曹操指着前面说：“这条路我过去曾走过，前面不远的地方有一大片梅林，那里结的梅子又大又多，它那甘美的酸汁可以解渴，咱们快上那儿去吧！”

将士们一听说梅子及梅子的酸汁，就自然而然地想象起酸味，从而流出口水，顿时不觉得那么渴了。

曹操立即指挥队伍行进。经过一段时间，终于把队伍带出这个没有水的地方，来到有水源的地方。大家痛痛快快地喝足了水，精神焕发地继续行军。

韦编三绝

释 义

　　韦：熟牛皮。韦编：古时用竹简写书，竹简用牛皮带编联起来。三绝：多次断绝。编联竹简的皮带多次断绝。形容读书刻苦勤奋。

❋　　❋　　❋　　❋　　❋

　　春秋时的书，主要是以竹子为材料。把竹子破成一根根竹签，称为竹"简"，用火烘干后在上面写字。竹简有一定的长度和宽度，一根竹简只能写一行字，多则几十个，少则八九个。一部书要用许多竹简，这些竹简必须用牢固的绳子之类的东西编连起来才能阅读。像《易》这样的书，当然是由许许多多的竹简编连起来的，因此有相当的重量。

　　孔子花了很大的精力，把《易》全部读了一遍，基本上了解了它的内容。不久又读了第二遍，掌握了它的基本要点。接着，他又读了第三遍，对其中的精神、实质有了透彻的理解。在这以后，为了深入研究这部书，又为了给弟子讲解，他不知翻阅了多少遍。这样读来翻去，把串联竹简的牛皮带子也给磨断了几次，不得不多次换上新的再使用。

　　即使读到了这样的地步，孔子还谦虚地说："假如让我多活几年，我就可以完全掌握《易》的文与质了。"

出口成章的成语故事

未雨绸缪

释义

绸缪：用绳索缠捆，引申为修补。趁着还没下雨，先修补一下房屋门窗。比喻事先做好准备，防患于未然。

✳　　　✳　　　✳　　　✳　　　✳

周武王攻灭商朝后，没有杀掉商纣王的儿子武庚，而继续封他为殷君，让他留在商的旧都。但对他又不放心，所以把自己的三个弟弟管叔、蔡叔和霍叔，分封在商旧都的东面、西面和北面，以便监视武庚和商朝的遗民，称为"三监"。

武王的弟弟周公旦以及太公、召公等，帮助武王灭商立了大功，武王把他们留在京城镐辅政，其中周公旦最受武王宠信。

过了两年，武王患了重病，大臣们都非常忧愁。忠于武王的周公旦特地祭告周朝祖先，表示愿意代替哥哥去死，只望武王病愈。祝罢，命人将祝词封存在石室里，不准任何人泄密。

说来奇怪，周公旦祝祷后，武王的病情一度有了好转。但是，不久又发病去世。年幼的太子姬诵被拥立为国王，周公旦受武王遗命摄政。

周公旦的摄政，引起了管叔等三个人的妒忌。他们放出空气说，周公旦企图夺取成王的王位。这些流言飞语很快传到成王耳朵里，从而引起了成王的疑虑。周公旦知道后，对太公、召公说："如果我不讨伐他们，就无法告慰于先王！"

但是，周公旦考虑到一时很难向成王说清楚，又为了解除他对自己的疑虑，就离开镐京，前往东都洛邑。

武庚不甘心商朝的灭亡。他见周氏兄弟之间发生了矛盾，就派人和管叔等"三监"联络，挑拨他们与周公旦的关系。与此同时，他积极准备起兵反叛。

周公旦在洛邑住了两年，其间他调查清楚了武庚暗中与管叔等勾结的情况，便写了一首诗送给成王。这首诗的诗名叫《鸱鸮》（鸱鸮：chī xiāo，猫头鹰）它的前两节是这样的：

"猫头鹰啊猫头鹰！你已抢走了我的儿，不要再毁我的家。我多么辛苦殷勤哟，为哺育儿女已经全累垮！趁着天还没有下雨，我就忙着把桑根剥下，加紧修补好门窗。因为下面的人呀，有时还会把我欺吓！"

这首诗以母鸟的口吻哀鸣。反映了周公旦对国事的关切和忧虑。诗中的猫头鹰是指武庚，哀鸣的母鸟则是周公旦自己。

不料，年轻的成王并没有看懂这首诗的含义，因此没有理解周公旦的苦衷。后来，他无意之中在石室里发现了周公旦的祝词，深受感动，立即派人把周公旦请回镐京。这时，成王才知道武庚与"三监"相互勾结的内情，于是派周公旦出兵讨伐。最后，周公旦杀了武庚、管叔和霍叔，蔡叔在流放中死去，周王朝得到了巩固和发展。

闻鸡起舞

释 义

闻：听到。舞：舞剑。一到鸡叫，便起床舞剑练身。比喻有志之士抓紧时间锻炼，奋发有为。

✤　　✤　　✤　　✤　　✤

祖逖和刘琨都是晋代著名的将领。两人少年时代就是好朋友，青年时一起去司州（今河南洛阳东北）任主簿（主管文书簿籍的官吏）。两人志同道合，意气相投，都希望为国家出力，干出一番事业来。他们白天一起在衙门里供职，晚上合盖一床被子睡觉。

当时，西晋皇族内部互相倾轧，争权夺利，各少数民族首领乘机起兵作乱，国家安全受到严重威胁。祖逖和刘琨对此都很为焦虑。

一天半夜，祖逖被远处传来的鸡叫声惊醒，便把刘琨踢醒，说："你听到鸡叫声了吗？"

刘琨侧耳细听了一会，说：

"是啊，是鸡在啼叫。不过，半夜的鸡叫声是恶声啊！"

祖逖一边起身，一边反对说：

"这不是恶声，而是催促我们快起床锻炼的叫声。还是起床吧！"

刘琨接受了祖逖的观点，跟着穿衣起床。两人来到院子里，只见满天星斗，月光皎洁，于是拔出剑来对舞。直到曙光初露，他们才汗流涔涔地收剑回房。

后来，祖逖和刘琨都为收复北方竭尽全力，作出了自己的贡献。

惜墨如金

释　义

原指爱惜墨像爱惜金子一样，作画时用墨先淡后浓，不轻易用墨。后来指写字、作画、作文不轻易下笔，力求精练。

✻ ✻ ✻ ✻ ✻

李成，字咸熙。他的先世为唐之宗室，住在长安（今陕西西安）后来迁居青州益都（今属山东），人们称他为李营丘。他是五代（后梁、后唐、后晋、后汉、后周）、宋初的著名画家。他很爱读书，读了许多经史，他又喜欢写诗，擅长弹琴、下棋。但他最擅长的还是画山水。他画山水，初学于荆浩、关同，后来常摹写真景而自成一家。

李成画画，特别善于描写北方山野的寒林景色和风雨、明晦、烟云、雪雾等自然景象。他的山水画特别讲究画的构图和笔墨的运用。他的笔势锋利，墨法精微，好用淡墨，落笔简练。所以后人赞扬他说："李成作画，不轻易落笔，先用淡墨，后用浓墨，爱惜笔墨就像爱惜金子一样。"

李成画的山石，就好像卷动着的云，后人称这种表现技法为"卷云皴"（国画画山石时，勾出轮廓后，为了显示出山石的纹理和阴阳面，再用淡干墨侧笔而画）。他和关同、范宽形成五代、北宋间北方山水画的三个主要流派。据说，当时学他的画法的人很多。

洗耳恭听

释　义

恭：恭敬。洗净耳朵，恭敬地听。比喻专心倾听，态度谦卑。

✻ ✻ ✻ ✻ ✻

传说上古时代的尧帝听说许由是个隐世高人，便想让位给他。

于是，他派使者到许由隐居的箕山去请他。使者来到箕山，见了许由，说了尧帝想把帝位让给他的事。许由说：

"我不稀罕什么帝位，请你回去吧！"

使者走后，许由感到使者的话污染了他的清净的耳朵，立刻跑到山下的颍水边去，掬水洗耳。

许由的朋友巢父也隐居在这里，这时正巧牵着一头牛来给它饮水，便问许由在干什么。许由就赶快把消息告诉他，并且说：

"我听进了这样不干不净的话，怎么能不赶快洗洗我清白的耳朵呢！"

巢父听了冷笑一声，说道：

"哼！谁叫你在外面招摇，现在惹出麻烦来了，那完全是你自己讨来的，还洗什么耳朵！算了吧，别玷污了我小牛的嘴！"

说着，便牵起小牛，径直走向水流的上游去了。

这个故事传说，叫做"箕山洗耳"。晋人皇甫谧把它收集在他所撰写的《高士传》中。"洗耳"一词的出处就在这里。不过后来人们所说的"洗耳"却和许由的洗耳含义完全不同。许由是因为不愿意听，并且自命清高而洗耳；后来所说的洗耳却是准备领教的意思，一般都叫做"洗耳恭听"。

相敬如宾

释　义

宾：宾客。指夫妻互相尊敬，如同对待宾客一样。

春秋时代，晋国大夫胥臣奉命出使，路过冀地（今山西河津东北），遇见一人正在田间锄草。只见他妻子把午饭送到田里，恭恭敬敬双手捧献给丈夫，丈夫庄重地接住，祝祷后进食，妇人侍立一旁等他吃完，收拾餐具辞别丈夫而去。胥臣十分赞赏，认为夫妻之间尚能如此互相尊敬，如同对待宾客一样，何况对待别人。他深信此人必是有德之士，上前请教姓名，才知原来是前朝旧臣郤芮（xì ruì）的儿子郤缺。郤芮原先因功封在冀地，被人称作冀芮，后犯谋逆罪被杀。他的儿子郤缺也被废为平民，耕种为生，但人们仍习惯称他为冀缺。

胥臣完成使命回国，这时晋国两位贤臣狐偃、狐毛相继去世，晋文公好似失去了左右手，闷闷不乐。胥臣便向文公推荐郤缺，担保他才德兼备，如能起用，一定不比狐偃、狐毛差。文公却认为，罪臣的儿子不能重用。胥臣进言道：

"古代尧、舜是贤君，可是尧的儿子丹朱、舜的儿子商君都是不肖。大禹的父亲鲧治水九年不成，被舜处死；可是禹却把洪水治平，舜便传位给禹，使他成为一代圣君。可见贤与不肖并不父子相传，主公何必计旧恶而抛弃有用之才呢？"

晋文公被说服了，拜胥臣为下军元帅，任命郤缺做他的助手，为下军大夫。不久文公去世，襄公继位，晋国在国丧期间遭外族侵犯。郤缺迎战有勇有谋，立下退敌头功。晋襄公嘉奖郤缺，升任他为卿大夫，重新把冀地封赏给他。

笑里藏刀

在笑容里藏着尖刀。比喻表面和善，内心阴险毒辣。

唐朝有个名叫李义府的人，出身寒族，但潜心读书，关心时政。唐太宗时，他在科举考试中因对策（对答皇帝有关政治、经义方面的策问）良好而被朝廷录用，当了一个小官。

唐高宗继位后，擅长奉承拍马屁的李义府升了官。过了几年，高宗想把武则天立为皇后，李义府百般支持，博得了高宗的欢心，很快升任右丞相，成为掌握朝政大权的高级官员。

李义府表面上待人和蔼谦恭，脸上总是带着微笑，但心底里却褊狭阴险，冒犯过他或不顺从他的人，都会遭到他的迫害。为此，大家在背后给他一个外号："笑中刀"。

有一次，李义府听说大理寺（当时的最高司法机构）的监狱里关着一个犯死罪的女囚，长得非常美，便想霸占她。他目无国法，指使狱吏毕正义私下放了她，然后把她弄到手。事情被发觉后，主管大理寺的官员向高宗奏告。毕正义畏罪自杀。李义府以为死无对证，不把这件事放在心上。

当时掌管监察的官员王义方了解内情后，向高宗奏告此案的主谋是李义府，要求朝廷对他严加惩处。但是，高宗加以偏袒，不仅不拿李义府问罪，反而将王义方贬到外地去做小官。事后，李义府还恬不知耻，皮笑肉不笑地讽刺了王义方。

在这之后，李义府枉法的胆子越来越大。一天，他在宫中看到一份任职名单，便默记在心。回家后，就指使儿子找名单上的一个人，向他透露了这件事，并乘机索取了一大笔钱。这件事不久被揭发出来，高宗终于认清了这个一贯奉承拍马屁、表面和善，内心阴险毒辣的家伙的真面目。将他父子流放到巂州（今四川境内）去。后来天下大赦，也不准他返回京都。

信口雌黄

释 义

信口：随口。雌黄：一种名叫“鸡冠石”的黄赤色矿物，古时写字用黄纸，写错了就用雌黄做的颜料涂抹再写。指言论不妥随口更改，也指随口乱讲，轻下论断。后比喻不顾事实，随口乱说或者恶意诬陷。

魏晋时期，上层社会清谈之风大盛，西晋大臣王衍就是一个出名的清谈家。此人少年时就伶牙俐嘴，他在文学名家山涛府上作客，以清秀的仪表、文雅的谈吐，赢得四座赞赏。山涛却感叹道：

“日后耽误天下的，未必不是此人啊！”

王衍成年后，爱好老子、庄子的学说，善于用老、庄的道家思想解释儒家经义，讲授玄理。讲的时候，他总是身穿宽袍大袖的衣服，手执玉柄麈（zhǔ）尾（用鹿的尾毛制成的拂尘），轻声慢语，满嘴都是玄妙空虚的怪话，每逢义理讲得不恰当时，便随口更改，毫不在乎。人们因此称他是"口中雌黄"。

王衍做事也习惯于随便更改。他先把女儿嫁给太子为妃，后来太子遭陷害，他怕受牵累，赶快上表请求离婚。太子冤案昭雪后，他因丧失气节被判禁锢终身。西晋皇族争权斗争愈演愈烈，酿成历史上著名的"八王之乱"，王衍却在乱中被两位得势王爷看中，官拜尚书令。但他颠三倒四的习性不改，身居要职却不以天下为念，只顾扩张自己的权势。西晋王朝败亡，王衍推卸责任，随口说自己"一向不干预朝政，罪不在我"。结果还是难逃一死，被敌军俘去监禁在民台内，半夜敌将下令推倒屋墙，把他活埋在瓦砾堆中。

行将就木

释 义

行将：快要。就：靠近。木：棺材。寿命已经不长了，快要进棺材了。

❋　　　❋　　　❋　　　❋　　　❋

春秋初，晋国吞并了邻近一些小的诸侯国，成为一个大国。当时，年老的国君晋献公宠爱妃子骊姬，打算将来让她生的儿子继位。晋献公听了骊姬的坏话，将太子申生逼死。骊姬还要陷害申生的两个异母兄长公子重耳和夷吾。他俩听说后只得逃走。

重耳先逃到他的封地蒲城，晋兵闻讯而来。蒲城人要抵抗，重耳说服他们别这样做，并且逃往狄国。跟他一起去的有他的舅舅狐偃，还有赵衰等人。

狄国出兵攻打一个部落，俘获了叔隗和季隗姐妹俩，随即把她俩都送给了重耳。重耳自己娶了季隗，生下伯修、叔刘两个孩子。他把叔隗嫁给赵衰，生了个孩子叫赵盾。

后来，从晋国秘密传来一个坏消息：晋国的主公要派人谋刺重耳。原来，与重耳一起出逃的公子夷吾在献公去世后，借助秦国的力量回到晋国继位，史称晋惠公。他怕兄长重耳回国争位，派出刺客谋害重耳。

重耳得知这个消息后，决定逃到齐国去。临走前的晚上，他对妻子季隗说：

"夷吾派人来谋害我，我打算再逃到齐国去。你留在这里抚养孩子，等我二十五年不回来，你再嫁人吧。"

季隗伤心地回答说：

"我已经二十五岁了，再过二十五年，就要进棺材了，还嫁什么人！我一直在这里等待你就是了。"

重耳到了齐国，齐桓公把一位姓姜的姑娘嫁给他，还赠给他二十辆用四匹马驾的大车。重耳对这样的生活感到很满足。但跟随他的人都认为不该老待在这里，姜氏也认为重耳应该离开。她和狐偃商议后，把重耳灌醉，载上车送出齐国。

他们一行人到曹国、宋国、郑国和楚国，都没有被接纳下来。后来到秦国了，秦穆公热情接待了他们，并把五个女子嫁给了重耳。恰好这一年夷吾生病死去，秦穆公派军队护送重耳回晋国即位，史称晋文公。

胸有成竹

引领青少年成长的必读故事丛书

释 义

画竹子之前心中有现成的竹子形象。比喻人们做事之前已经有了主意，或有了成功的把握。

❋　　　❋　　　❋　　　❋　　　❋

北宋仁宗时期有一位著名的画家姓文，名同，字与可，他是四川省梓潼县人。他与苏轼是表兄弟，曾任洋州（今陕西洋县）知州。他的诗、文、书法都写得很好。他喜爱画花鸟虫鱼写生画，特别擅长画竹子，他画的竹子栩栩如生，清秀逼真，很受人们的赞扬，故有"墨竹大师"之称。

文与可学画非常认真、细致。为了画好竹子，文与可在房屋周围和窗前种了许多青竹。一年四季，不管风吹雨打或烈日当空，他每天都仔细观察竹子的枝叶在晴天或雨后，在茂盛或落叶等不同时期的状态和生长情况，了解竹子在不同季节和不同天气里的形态变化。

文与可经过长期种植竹子的实践和细心的观察、揣摩，不仅对竹子的特性了如指掌，而且在胸中形成、积累了各种各样竹子的形象。正因为这样，在他动笔作画之前，怎样构图着墨，在他的心中早就有了轮廓，不必费尽心思，反复琢磨。

苏轼被贬以后，也很喜欢画墨竹画。文与可画竹的经验使苏轼受很多启发。所以他说：画竹子须预先详细观察竹子，在胸中形成了竹子的形态，认清想要画的东西，一经发现便振笔急书，心手合一，以画表现出自己所观察到的东西；如果不立刻捕捉住，稍一疏忽，便会很快消逝过去。

文与可的一位好朋友晁补子在《赠文潜甥杨克——学文与可画竹求诗》中说：

"与可画竹时，胸中有成竹。"意思是说文与可在画竹子时，完美的竹子形象，早就在他的心里构思好了。

休戚相关

释　义

休：喜庆，美善。戚：忧愁，悲伤。形容彼此关系密切，喜忧相关、命运相连。

❀　　　❀　　　❀　　　❀　　　❀

春秋时期，晋国的晋悼公周子，又叫姬周，年轻的时候曾因受到族人晋厉公的排挤，不能留在国内，而客居到周地洛阳，在周朝世卿单襄公手下做事。周王的大夫单襄公很器重他，把他请到自己家里，就像对待贵宾一样地招待他。

周子虽然年纪轻轻，却表现得十分老成持重。他站立的时候稳稳当当，毫无轻浮的举动；看书的时候全神贯注，目不斜视；听人讲话的时候恭恭敬敬，很有礼貌；自己说话时总是忘不了忠孝仁义；待人接物时总是十分友善、和睦；他自己虽然身在周地，可是听说自己的祖国晋国有什么灾难时就忧心忡忡；听说到晋国有什么喜庆的事情时就非常高兴。所有这些表现。单襄公都看在眼里，喜在心里，认为他将来一定大有前途，很有希望回到晋国去做个好国君。因此，单襄公对周子更加关心、爱护。

后来，单襄公身患重病，卧床不起，知道自己离死期不远了，于是就把儿子单顷公叫到床前，嘱咐他说：

"我看周子是个很有出息的年轻人。他身在异国他乡却不忘自己的国家，常为祖国的命运担忧，他很可能会回到晋国去接替国君的位置。现在晋国的国君又不怎么好，道德品质很差，我看他倒是一个非常合适的继承者。我死后，你可要好好地照顾他呀！"

单顷公按照父亲的嘱咐，在他父亲死后就很好地照顾着周子，使周子感到十分满意。

不久，晋国国内果然发生了内乱，原来一直害怕失去权力而排挤王室公子的晋厉公被杀死了。于是，晋国大夫就派人到洛阳来，把周子接了回去，让他做了晋国的国君。

言不由衷

释　义

由：顺从。衷：内心。说的话不是从内心发出来的，不是真心话。比喻口心不一。

春秋初，周朝已经非常衰败。郑国的国君郑庄公是周朝的卿士，执掌朝中大权。他凭借自己的实力和地位，不把周天子放在眼里。当时任天子的周平王，是一个软弱无能的人。他不得不依靠郑庄公处理朝政，却又对虢公忌父十分相信，想让他代替郑庄公掌管朝政。

郑庄公知道这件事后，对周平王非常不满。周平王很害怕，赶紧向郑庄公解释说，他没有让忌父取代郑庄公的想法。为了取得郑庄公的信任，他和郑庄公互换人质，让周太子狐到郑国去做人质，而郑公子忽则到周朝来做人质。

公元前 720 年，周平王死去，他的孙子姬林继承君位，称周桓王。周桓王也想让忌父代替郑庄公当卿士掌管朝政。郑庄公知道后大怒，派大夫祭足带领兵马，到周朝的温地收割了麦子，并全部运到郑国。到了秋天，祭足又带领兵马到周朝成周，把那里的谷子全部割掉，运回郑国。从此，周朝和郑国之间的关系就更加恶化，彼此结下了仇恨。

当时的史官在评论这件事的时候说："说的话不是发自内心，即使互换人质也是没有用的。"

夜以继日

释 义

白天未干完的事，晚上接着去干。指不分白天黑夜，连续干某项工作。

❋　　❋　　❋　　❋　　❋

周武王姬发攻灭殷商后，建立了西周王朝。但是，他没有继续完成周族的大业就去世了。他的儿子姬诵继承了王位，就是周成王。成王继位时只有13岁，由他的叔父周公姬旦辅佐朝政。

周公旦是西周初杰出的政治家。他在哥哥姬发领导的攻伐殷商的事业中，起了很大的作用。担起辅佐朝政的重任后，他忠于职守，为巩固周王朝的统治呕心沥血。不论是在吃饭或是在做私人的其他事情，只要一有公事，他就立即停下来干公事。

立国之初，政局还很不稳定。有些贵族猜忌他，在成王面前造谣，说他有篡位的野心；还有他的兄弟和纣王的儿子武庚勾结起来，发动武装叛乱。此外，东方的夷族也乘机作乱。但周公旦坚韧不拔，遵照武王的遗志办事。他消除了成王的误解，击败了武庚的叛乱和夷族的反抗，制定了礼仪和刑律，继续分封诸侯，并建筑洛邑（今河南洛阳），设立了东都成周。

由于为国操劳过度，周公旦在东都建立后不久就去世了。临死前，他还谆谆告诫大臣们，一定要帮助天子管好中原的事；自己死后要葬在成周，以表示虽死不忘王命。

战国时的孟子认为，周公旦是统治者中的理想人物，十分推崇他为国操劳不辞辛苦的精神。为此他说了一段赞扬他的话：

"周公想兼学夏、商、周三代开国君主的贤德来把周朝治理好。如果有不适合于当时情况的，他就抬起头来想。白天想不好，夜里继续想。等想出了好的办法，便坐着等待天明，马上去施行。"

一败涂地

释　义

原意是一旦失败，就要惨遭杀害，心、肝等五脏肺腑和脑浆迸裂流涂满地。后指事情失败，弄到不可收拾的地步。

✳　　　✳　　　✳　　　✳　　　✳

秦朝末年，沛县的县令叫泗水亭长刘邦押送一批服劳役的民工去骊山扩建秦始皇的陵墓。不料走到半路上，民工们接二连三地伺机逃走了。

刘邦心想，这下可糟了，自己肯定要被治死罪。心一横，索性把剩下的人都放走，带着十几个不愿走的，躲进芒砀山，聚集人马，准备起义。

公元前209年。陈胜、吴广在大泽乡起义，要推翻秦王朝的统治，各地农民纷纷响应。

沛县的县令眼见大势所趋，也想归顺陈胜，但又怕压不服其他人，便与他属下的两个小吏曹参、萧何商量，决定请回在沛县很有威望的刘邦。

刘邦得信，带着一百多人的队伍，回到沛县。刚近城门，沛县县令在城头上看到刘邦队伍人数不少，实力不小，恐怕他今后不服从指挥，立即变了卦，下令关上城门，不让刘邦进城，还准备把萧何、曹参杀掉。萧、曹二人见势不妙，方即买通守城士兵，翻过城墙，逃到刘邦那里，详细讲述了实际情况。

刘邦听了大怒，便写了一封信，用箭射进城里，号召大家杀死县令，共同抗秦，举行起义。

城里的百姓见了信，果然设法杀了县令，大开城门，迎接刘邦进城，并一致推选刘邦做县令。

刘邦推辞着说：

"现在天下大乱，各地纷纷起义反秦。情况危急，如果将领选择不当，一旦失败了，大家的人头就要落地，肝、脑、鲜血就会沾满一地。我不是怕死，而是能力不够。希望大家能推选更合适的人员吧!"

虽然刘邦一再推辞,但由于他很有威信,大家还是推选他作了县令,尊称他为沛公。

后来,刘邦率军转战南北,和项羽的起义军一起推翻了秦朝的统治。

一傅众咻

释 义

傅:教。咻:吵闹。一个人教,许多人吵闹、扰乱。比喻由于不良的环境的影响做事不能有所成就。

❊ ❊ ❊ ❊ ❊

孟轲,战国时期鲁国(今山东邹城)人,是著名的思想家和教育家。他是孔子儒家学说的主要继承者,有"亚圣"的美称。人们尊称他为孟子。

有一年,孟子听说宋国的君王说要施行仁政。这正是孟子所竭力主张的,所以他特地到宋国去。

孟子在宋都彭城了解了一个时期,发现宋国君主手下的贤臣很少,而没有德才的人却很多。他感到情况并不是像宋国国君说的那样,便打算到别国去游历。

宋国的君王听说孟子要离去,便派大臣戴不胜去挽留,并向他请教治理国家的方法。戴不胜说:"请问先生,怎样才能使我们宋国的君王贤明?"

孟子回答说："先生要使贵国的君王贤明吗？我可以明白地告诉您。不过，还是让我先讲一件事。楚国有位大夫，想让自己的儿子学会齐国话。据您看，应该请齐国人来教他呢，还是请楚国人来教他？"

戴不胜不假思索地说："当然是请齐国人来教他。"

孟子点点头，说："是的，那位大夫请了一个齐国人，来教儿子齐国话。可是儿子周围有许多楚国人整天在打扰他，同他吵吵嚷嚷。在这样的环境中，就是用鞭子抽他、骂他、逼他，他也学不会齐国话。如果那位大夫不是这样做，而是将儿子带到齐国去，让他在齐国都城临淄的闹市住几年，那么齐国话很快就会学好。即使你不让他说齐国话，甚至用鞭子抽打他，强迫他说楚国话，也办不到。"

戴不胜打断孟子的话说："我们宋国也有薛居州那样的贤士呀！"

孟子回答说："是的，宋国的薛居州是位清廉的大夫。但是靠他一个人在君王左右是不起什么作用的。如果君王左右的人，无论年老年少、官职尊卑，都能像薛居州一样，那才行呢。君王左右都不是好人，那君王能与谁去做好事呢？"

戴不胜向君王复命后，君王见孟子去意已决，便不再强留。送了他一些钱，让他离开宋国。

一箭双雕

释 义

一枝箭射中了两只雕。原指射箭技术高超，后比喻做一件事得到两方面的好处。

✳　　✳　　✳　　✳　　✳

南北朝时，北周有个武将叫长孙晟（shèng）。他聪明好学，武艺高强，十八般兵器样样拿得起，放得下。特别是射箭的功夫，无人敢与他相比。

北周的国王为了安定北方的少数民族突厥人，决定把一位公主嫁给突厥王摄图。为了安全起见，国王派长孙晟率领一批将士护送公主前往突厥。

经历了千辛万苦，终于到了突厥。摄图大摆酒宴，宴请长孙晟。酒过三巡，按照突厥人的习惯要比武助兴。

突厥王命人拿来一张硬弓，要长孙晟射百步以外的铜钱。只听得"格勒勒"一声，硬弓被拉成弯月，一枝利箭"嗖"的一声射进了铜钱的小方孔。

"好！"

大家齐声喝彩。

从此摄图对长孙晟非常敬重，留他在突厥住了一年，并经常让他陪着自己一块儿去打猎。

有一次，他俩正在打猎，摄图猛抬起头，看见天空中有两只大雕在争夺一块肉，他连忙递给长孙晟两枝箭问：

"能把这两只雕射下来吗？"

"一枝箭就够了！"

长孙晟边说边接过箭，策马驰去。他搭上箭，拉开弓，对准两只厮打得难分难解的大雕。"嗖"的一声，两只大雕便串在一起掉落下来了。

一窍不通

释 义

窍：通气的窟窿，古人把两眼、两个鼻孔、两个耳朵和嘴称为七窍。七窍中没有一个窍是通气的。比喻对事物不理解，一点也不懂。

❋　　　❋　　　❋　　　❋　　　❋

殷纣王，是商朝的末代帝王，是一个被老百姓所怨恨的暴君。他整日胡作非为，不尽心朝政，沉湎于酒色，轻信宠妃妲己的谗言，过着荒淫无耻的生活。

纣王有一个臣子叫比干，是一位忠心的良臣。他看到纣王如此昏庸，心中十分着急，多次苦口婆心劝谏纣王改邪归正，为民多做好事。

有一次，纣王听信了妲己的话，下令杀害了无辜的梅伯，并要把梅伯剁成肉酱。比干知道此事后，又急忙劝谏纣王，希望他不要听信妲己的谗言，错杀无辜，并说这样下去迟早是要亡国的。

比干一连几天极力劝谏纣王，引起了纣王的极大不满。纣王愤怒地嚷道：

"我早就听说圣人的心有七窍，我要把他杀了，取出心，解剖开来看个究竟！"

纣王果真杀了比干，并挖出了他的心。

孔子说起这件事，感叹道：

"纣王心窍不通，如果通了一窍，那么比干就不会被杀害了！"

一叶障目

释 义

障：遮蔽。比喻被眼前细小的事物所蒙蔽，看不到事物的真实情况以及主流和本质。

❋　　❋　　❋　　❋　　❋

从前，楚国有个书呆子，家里很穷。他和他的妻子过着十分贫穷的日子。

一天，他正在看书，忽然看到书上写着：

"如果得到螳螂捕捉知了时用来遮身的那片叶子，就可以把自己的身体隐蔽起来，谁也看不见。"

于是他想："如果我能得到那片叶子，那该多好呀！"

从这天起，他整天在树林里转来转去，寻找螳螂捉知了时藏身的叶子。终于有一天，他看到一只螳螂隐身在一片树叶下捕捉知了。他兴奋极了，猛一下扑上去摘下那片叶子。可是，他太激动了，一不小心那叶子掉在地上，与满地的落叶混在一起。

他呆了一会，拿来一只畚箕，把地上的落叶全都收拾起来，带回家去。

回到家里他想："怎样从这么多叶子中拣出可以隐身的叶子呢？"

他决心一片一片的试验。于是，他举起一片树叶，问他的妻子说：

"你能看得见我吗?"

"看得见。"他妻子回答。

"你能看得见吗?"他又举起一片树叶说。

"看得见。"他妻子耐心地回答。

他一次次地问,妻子一次次地回答。到后来,他妻子厌烦了,随口答道:

"看不见啦!"

书呆子一听乐坏了。他拿了树叶,来到街上,用树叶挡住自己,当着店主的面,伸手取了店里东西就走。

店主惊奇极了,把他抓住,送到官府去。县官觉得很奇怪,居然有人敢在光天化日之下偷东西,便问他究竟是怎么回事。书呆子说了原委,县官不由哈哈大笑,把他放回了家。

一字千金

释　义

一个字价值千金。称赞文辞精妙,形容文章价值极高。

❀　　　❀　　　❀　　　❀　　　❀

秦王嬴政年幼继位,任用大商人出身的原相国吕不韦辅政。当时东方六国的宗室贵族,为了笼络人心、增强实力,各自广泛招揽天下人才。最著名的有魏国的信陵君、楚国的春申君、赵国的平原君、齐国的孟尝君,他们号称"四公子"。他们家里都养着上千名有学问的门客,名声很大。吕不韦认为,像秦国这样的强国,应该招纳更多的学者名士，给他们更高的待遇，这才相称。他门下拥有宾客三千，家僮万人。这些文人在他的组织下共同编写了一部二十六卷二十多万字的巨著，内容包罗万象，通贯古今，题名为《吕氏春秋》。他下令把全书张挂在京城咸阳的市门上，一旁放着千金重赏，公开宣布说：

"谁能指出书中不足、增加或删去一字者，赏给千金。"

吕不韦这样大张旗鼓地宣传，也是为自己扩大影响，张扬权势。那时人们慑于吕不韦的位高威重，谁也不愿出面指责《吕氏春秋》的缺失，著作公布一个多月，前来观看的人成千上万，却始终没有一个人出来改动一字、领取千金之赏。于是，吕不韦下令集中人力抄录全文传送各地。他的名声因此远扬天下。

秦王成年后亲自掌握政权，对吕不韦产生疑忌，终于免去了他的相国职务，逼他服毒自杀。

颐指气使

释　义

颐：下颌，也说面颊。颐指：用下巴的动向示意来指挥人。
气使：用神情支使人。形容指挥人时的傲慢神态。

❋　　　❋　　　❋　　　❋　　　❋

唐朝末年，朱温杀了宰相崔胤（yìn）和他的亲信人员，只留裴枢、柳璨等人当宰相。接着，又叫裴枢强迫昭宗、百官和长安百姓迁往洛阳。昭宗到了洛阳，左右侍从人员都被杀死。但朱温还不放心，时常派李振到洛阳去窥察昭宗和一些大臣的动静。李振仗着朱温的权势，趾高气扬，目空一切，旁若无人。平时他都用动动下巴和盛气凌人的态度来指使别人。每次到洛阳，他总要把自己看不顺眼的人罢黜掉几个。为此，人们在背后称他是"鸱枭"。

不久，朱温派人杀死了昭宗，另立李柷（chù）为帝，史称唐昭宣帝。宰相柳璨开出一张名单，说这批人爱成朋结党，制造是非，都该杀死。因为他们多是进士及第的，李振对朝官本来就很痛恨，因此也对朱温说，唐朝所以破败，都是这些人违法乱纪的缘故。大王要办大事，这些人是不好对付的，不如一起杀掉为好。结果，三十多名出身高门和科第的大朝官，都被扣上浮薄的罪名，全部投入黄河死去。公元 907 年，唐昭宣帝把帝位让给朱温。朱温将国号改为大梁，史称后梁，朱温则为梁太祖。李振因功当上了户部尚书，这样，便更加趾高气扬了。

以身试法

释 义

试：尝试。明知法律禁止，还亲身去做犯法的事。

✳　　　✳　　　✳　　　✳　　　✳

西汉时，高阳出了一位廉洁奉公的官员，叫王尊。王尊从小死了父亲，由他的伯父抚养长大。伯父家里比较贫穷，王尊每天要赶羊群到野外去放牧。

这孩子最爱读书，放牧时总要带些书阅读。渐渐地，他对书上

引领青少年成长的必读故事丛书

提到的那些秉公执法的官吏十分崇敬，希望自己将来也成为这样的人物。一天，他向伯父央求，为他在郡的监狱里谋一份差使。

这时王尊才十三岁，伯父听后惊讶地说："你还是个孩子啊，又不懂刑律，怎么能到监狱去做事呢？"

王尊说：

"孩儿已从书中见到过很多，以后再跟狱长多学学，不就行了吗？"

伯父经不住王尊一再央求，便备了礼托人找狱长说情。狱长便把王尊当听差在身旁使唤。

王尊当了几年听差，经常接触到刑狱方面的事务，长进很快。一次，他随狱长去太守府办事，被太守看中，便把他留在府中做文书方面的事。又过了几年，王尊辞去职务，攻读儒家经典，之后再被任用。由于他执法严正，逐步提升，当上了县令，后来又升为安定郡太守。

当时，安定郡官场非常混乱，一些官员利用权势作威作福，鱼肉百姓。王尊一到那里，立即整顿吏治，并晓示属县所有官吏忠于职守，以身作则，为下属作出榜样；法律无情，不要用自己的身体去尝试一下法律。

郡里有个属官心狠手辣，搜刮大量民脂民膏，民愤极大，告示贴出后也不见悔改。于是王尊把他捉拿归案。这贪官入狱后，没几天就一病身亡。接着，王尊又惩办了一批罪行严重而又没有悔改的豪强。这样一来，安定郡开始太平起来。

王尊由于敢于严格执法，多次招来祸殃，也多次遭到降职贬官。但他始终如一地忠于职守。后来在黄河泛滥时，他以祭河的举动牺牲自己，希望河患平息。这虽然是迷信的举动，但也反映了他关心百姓疾苦的赤诚之心。

倚马可待

倚：靠着。靠在马身上起草文告，很快就可完稿。比喻才思敏捷，很快能写出好文章。

＊　　　＊　　　＊　　　＊　　　＊

一天晚上，东晋豫州刺史谢尚穿着便服，和几个宾客一起到江上泛舟散心。船只驶到一个去处，江面上忽然传来一阵悠扬悦耳的吟诗声，那诗文辞优美，音调铿锵，谢尚一时兴起便叫宾客把吟诗人请来。

过了一会儿，宾客把一个年轻人带到了船上。原来他叫袁宏，是停泊在附近一艘货船上的佣工。虽然衣着寒酸，但神态气色俊逸。询问下来才知，他刚才吟诵的是自己作的一首诗。谢尚不禁称赞了他几句。

不久，袁宏被谢尚召到州府当参军。后来，极有权势的大司马桓温听说他文才极好，要他去主管府中的文书起草工作。袁宏很称职，他的声名也与日俱增。

桓温是个有野心的人，随着他的权势越来越大，野心也日渐暴露出来。袁宏对他不满，从而发生了矛盾。一次，袁宏写了篇《东征赋》，赋中赞扬了东晋许多名士，却只字不提桓温的父亲桓彝。其实，桓彝是东晋的忠臣，袁宏在赋中不写他，是出于对桓温的不满。有人劝他写进去，他不答应。

桓温知道这件事后很生气，他很希望袁宏把父亲的事迹写进赋里去，以便为自己的家族扬名。有一次，他找到一个机会，向袁宏提起了这件事："听说先生写了一篇《东征赋》，其中称赞了许多先贤，但为什么不提到家父呢？"

袁宏灵机一动，回答说："尊公为国捐躯，英名远扬，怎么能不写进去呢？我早已有所考虑，只是没有请教过您，不敢贸然写进去。"

桓温听了非常高兴，半信半疑地问："原来如此，那先生准备怎样写呢？"

袁宏当场对桓彝的一生作了恰如其分的评价。桓温听了，感动得掉下了眼泪。但事情过后，彼此之间又发生了矛盾。由于袁宏经常与桓温争辩，桓温很讨厌他，所以不重用他。在一次北征途中，袁宏又触怒了桓温，结果被免去官职，但仍随从出征。

桓温这次北征，是去讨伐前燕的。队伍抵达前线后，为了鼓舞士气，要发布一篇文告。桓温考虑到进攻在即，文告必须马上张布出来，而别人难以胜任，便把袁宏叫来。

袁宏来到后，桓温向他说明了文告要点，并要他当场写出来。袁宏要来纸笔，靠在马身上，手不停笔地写起来，不长时间就将一篇长达七页的文告完成了。桓温取来一看，文告写得慷慨激昂，相当得体，左右看了也一致称赞。袁宏被免去的官职，终于因此而得到恢复。

饮鸩止渴

释　义

鸩：传说中的毒鸟，用它的羽毛泡的酒有剧毒。喝毒酒解渴。比喻只图解决眼前的困难，而不顾其严重的结果。

东汉时，担任过廷尉的霍谞（xū），从小勤奋好学，少年时代就读了大量儒家经书，在当地出了名。

霍谞有个舅舅名叫宋光，在郡里当官。由于他秉公执法，得罪了一些权贵，被他们诬告篡改诏书，从而被押到京都洛阳，关进监狱。

宋光下狱后，霍谞的心情一直不平静。当时霍谞虽然只有十五岁，但各方面都已经比较成熟。他从小常和宋光在一起，对舅舅的为人非常清楚，知道舅舅不可能干这种弄虚作假的事。他日思夜想怎样为舅父申冤，最后决定给大将军梁商写一封信，为舅舅辩白。信中有这样一段话：

“宋光作为州郡的长官，一向奉公守法，以便得到朝廷的任用。怎么会冒触犯死罪的险去篡改诏书呢？这正好比为了充饥而去吃附子，为了解渴而去饮鸩酒呢？如果这样的话，还没有进入肠胃，到了咽喉处就已经断气了。他怎么可能这样做呢？”梁商读了这封信，觉得很有道理，对霍谞的才学和胆识也很赏识，便请求顺帝宽恕宋光。不久，宋光被免罪释放，霍谞的名声也很快传遍了洛阳。

庸人自扰

释义

庸人：平庸的人。自扰：自找麻烦。指平庸的人无事生事，自找麻烦。

❋　　　❋　　　❋　　　❋　　　❋

唐睿宗时，朝廷中有个监察御史叫陆象先。他为人宽容，才学很高，办事干练，敢于直言，唐睿宗很器重他。可是，有一次他触怒了唐睿宗，被贬到益州任大都督府长史兼剑南道按察使。

陆象先到任以后，对老百姓十分宽厚仁慈，即使对犯罪的人，也不轻易动刑。他的助手韦抱真劝他说：

"这地方的百姓十分愚顽，很难管教。你应该用严厉的刑罚来建立自己的威望。不然的话，以后就没人怕你了！"陆象先听了，摇摇头说："我的看法和你完全不同。老百姓的事情在于治理，你治理得好，社会安定，老百姓安居乐业，他们便会服从你，为什么一定要用严刑来树立自己的威望呢？"

于是，陆象先用自己的一套办法治理益州。有一次，一个小官吏犯了罪，陆象先只是训诫了他一顿，劝他以后不要重犯。而他的一个属下认为这样处理太轻，应该用棍子重重责打一顿。陆象先严肃地对他们说：

"人都是有感情的，而且每个人的感情都相差不远。我责备了他，他难道会不理解的我话吗？他是你的手下，他犯了罪，难道你就没有责任吗？如果一定要用刑的话，一定从你开始。"

那个属下听了，满脸羞惭地退了下去。

后来，陆象先曾多次对他所管辖的官吏们说：

"天下本来没有什么了不起的大事，只是有一些见识浅陋的人，平庸无能之辈，自己骚扰自己，结果把一些很容易解决的事情也办糟了。我认为要从根本上来解决问题，以后就可以减少许多麻烦。"

陆象先果然把益州治理得很好，百姓生活安定，官吏也十分佩服他。

愚公移山

释 义

愚公：人名。愚公移去大山。形容一种下定决心，顽强坚持，不达目的决不罢休的精神。

❊　　　❊　　　❊　　　❊　　　❊

传说在冀州和河阳交界的地方有两座大山，一座叫太行山，一座叫王屋山，这两座大山方圆有七百里宽，山高坡陡，道路非常的难走。在北山住着一位老者，名叫愚公，年纪已经有九十岁左右了。他每次出门到豫州和汉水去时，就必须要绕过这两座大山才走得出去，感觉很不方便。

有一天，愚公将自己家里的人全部召集起来开会，他告诉自己的这些儿孙们："我打算用我和你们一辈子的精力去干一件大事，就是把这太行山和王屋山给搬掉，修一条直达豫州和汉水的大道。你们认为可以吗？"大家纷纷表示同意，因为所有的人都认为这两座山在这里实在太妨碍人们进出了。这时愚公的妻子提出了一个问题："以我们的力量连一座小山都不一定能搬走，何况这两座大山。再说，我们准备将这两座大山挖下来的泥土和石块放到哪里去呢？"大伙儿都说："这好办，就将这些泥土和石块去到东方渤海边上以及北边最远的地方去就行了。"

大伙儿说干就干。第二天一大早，愚公就带着自己家里的大大小小的劳动力去挖大山去了。他们用锄头挖，用锤子砸，用铁钎凿，用手抬，用肩扛，用畚箕装，将挖下来的泥土和石块运到了渤海去丢，大家在山上干得热火朝天。家里的一些老弱妇女们就负责给他们做饭菜。愚公带着儿孙们在山上一挖就挖了好几天，就这么日夜不停地干着。很快，这件事就被传开了。听说了这件事的人都对愚公一家的这种决心和干劲非常佩服。还有一些身强力壮的小伙子主动提出来要跟着愚公他们一起干。于是这支挖山的队伍就越来越壮大了，甚至小孩子们也来参加了。这些人每天都这么忘我地劳动着，只有每次季节交替的时候才回家一趟。

这时，在河曲有一个自称是个很聪明的人，人人都叫他智叟。他听说了愚公他们准备将太行、王屋山挖走的消息后，认为这些人真是愚昧得很。于是就专门跑到愚公他们挖山的地方来劝阻愚公。他告诉愚公说："你这样做是很不理智的。就凭你自己晚年的一点点精力，连大山的一根毫毛都动不了，怎么可能将这么高大的高山给移去呢？你太自不量力了。"

愚公听了这位智叟的话之后，认真地回答他说："人人都说你很聪明，可是我看你这个人就是太顽固了，简直顽固到连这个小孩子和他的妈妈都不如。你要知道，即使是我死了，我还有儿子，就算将来我的儿子也死了，我还有孙子啊！孙子又生儿子，儿子又生孙子，就这样一直下去。这山再高再大，它也是有穷尽的时候，而我的儿子的儿子是没有穷尽的，所以你怎么可以说我没有办法将这两座高山移走呢？"智叟听了愚公的这番回答之后，知道自己和愚公的想法是不可能相同的，于是只好离开了。愚公没有受到任何影响，仍然带着儿孙们继续在那里挖山。

当地的一些山神见愚公一家人还这么不停地挖着大山，便向天帝报告了这件事。天帝被愚公这种不服输不怕困难的精神所感动，于是命令两个大力神将太行和王屋两座大山给搬走了。这样，愚公他们终于能够看见平坦的大道了。

鹬蚌相争　渔翁得利

释　义

鹬（yù）：一种体色暗淡，嘴细长的候鸟。常在浅水边或水田中吃小鱼、贝类、昆虫等。蚌（bàng）：软体动物，有两个椭圆形介壳，可以开闭。生活在淡水中，种类很多，有的壳内能产珍珠。比喻双方相持不下，结果两败俱伤，让第三者得到利益。

❀　　　❀　　　❀　　　❀　　　❀

战国后期，几经征伐，最后剩下了七大诸侯国。这七大诸侯国各有所长，互不相让，国与国之间常常爆发战争，其中赵国和燕国就经常打个不停。老百姓们都被这些打不完的仗给害得不轻，都很痛恨战争，希望能过上没有战争的太平日子。

有一年，赵国的国君赵惠王又准备举兵去攻打燕国。有一个名叫苏代的人听说了这个消息后，为了不让战争再度爆发，决心说服赵王不要再打了，于是就赶在赵惠王出兵之前来到了赵国，并立刻去王宫拜见赵王。

赵惠王在自己的宫殿里召见了苏代，问他来拜见自己有什么事情要说。苏代没有马上回答赵惠王的问题，而是说自己在来赵国的途中遇见了一件很有趣的事情，希望能先讲给赵惠王听一听。赵惠王一听是一件很有趣的事，就问到底是什么事，让苏代快点给自己讲一讲。于是苏代就说："我在赶往赵国的路上，路过一条小河，看见河边有一个河蚌正张开自己的蚌壳晒太阳。谁知这个时候，天上飞来了一只鹬。这只鹬看见河蚌的蚌壳正张得大大的，于是就猛地一下子冲下去啄河蚌的肉。河蚌见鹬想要啄自己的肉，就将蚌壳迅速地合了起来，将那只鹬的嘴给夹住了。这只鹬无论如何都没有办法将自己的嘴从河蚌的壳里拔出来。这只鹬威胁河蚌说：'你如果不把壳打开的话，那就等着瞧吧。今天不下雨，明天也不下雨，要不了两天，这里就会有一只河蚌被干死了。'那只河蚌也毫不示弱地回答说：'我就是要这样夹着你不放。你今天拔不出嘴来，明天拔不出嘴来，要不了两天，这里就有一只被饿死的鹬鸟了。'就这样，河蚌与鹬鸟都不愿意先放开对方，于是就这么僵持着。有一个打渔回来的渔夫看见河边有一个肥大的河蚌和一只大鹬鸟正纠缠在一起，谁也没有办法动一动，不由得高兴起来，走上前去，一手一个，将这河蚌和鹬鸟很轻松地抓在了手里。"

讲完这个故事之后，苏代看着赵惠王说："我听说大王正准备兴兵去攻打燕国，这就让我想起这个河蚌与鹬鸟的事了。现在大王去打燕国，就好像这只河蚌和鹬鸟打起来了一样，除了使你们各自削弱了自己的实力之外，还会让另一个敌人——强大的秦国获得利益。到那时大王后悔就来不及了。"

赵惠王听了苏代的分析之后，觉得很有道理，于是就不再提攻打燕国的事情，而是积极地发展自己的实力，为将来与秦国的战争做好准备。

约法三章

释 义

指约好或规定好几条简单的规则，大家共同遵守。

秦朝末年，各地为了反抗秦朝的残暴统治，纷纷举兵起义，其中最有名的就是项羽和刘邦带领的两支队伍。

　　在项羽消灭了秦朝的主力部队之后不久，刘邦也带兵攻进了关中，在离秦朝都城咸阳不远的霸上驻扎下来。秦朝刚登基的小皇帝子婴被迫向刘邦投降，秦朝因此灭亡。

　　子婴向刘邦投降之后，刘邦的许多手下都劝说刘邦将子婴杀死，以免留下后患。但是刘邦没有采纳大家的意见，他告诉手下的将军们说："现在秦朝已经灭亡了，子婴已经投降，如果还将已经投降的人杀死，就会让我们失掉民心，以后还有谁敢投降到我们这里来呢？现在我们最重要的一件事情就是要争取天下百姓的民心。"听了刘邦的话之后，那些劝他杀掉子婴的人也明白了这个道理，于是没有再向他提出这个请求。

　　后来，刘邦带兵进入咸阳城之后，看着雄伟华丽的皇宫，刘邦很想住进去。这时手下就有人告诉他，现在还不是享受的时候，如果现在就忙着住进皇宫，很可能会失掉民心的。刘邦听从了手下的劝告，没有进入咸阳的皇宫，还下令将皇宫关闭，并派一部分士兵留下来保护皇宫以及贮存着大量财富的国库。而自己仍然带着大军返回霸上驻扎。

　　为了进一步取得关中百姓的信任和好感，刘邦还将关中各县的父老以及当地有势力的豪杰等人召集在一起开会。在这次见面会上，刘邦十分郑重地向他们宣布说："当初秦朝制定了许多严厉苛刻的法令政策，现在我们就把它们全部废除掉。但是一个地方没有法令也不行，所以我现在就决定要颁布三条法令，请大家共同遵守：第一条，无论是谁杀了人，都一定会被处死；第二条，无论是谁伤了人，也一定要接受相应的处罚；第三条，凡是偷盗东西的人也必须接受处罚。就这三条法令，希望大家共同遵守，一起把关中的秩序给稳定下来，让百姓都能安安稳稳地过日子。"听了刘邦的这三条法令，大家都非常的赞赏，认为这三条法令已经把百姓最担心的事情给解决了，大家都对刘邦的这三条法令非常拥护。见大家都对这三条法令很满意，刘邦又接着说："既然大家对这三条都很赞同，那么我们从现在开始就废除掉秦朝的那些法令制度。无论是当兵的还是老百姓，大家都按照这三条法令执行吧。"接着，刘邦还派人到关中的各县去将这三条法令张贴出来，并将内容向老百姓们传达清楚。百姓们听了这三条法令之后，都十分的高兴，对刘邦的军队也没有了恐惧和害怕。不仅如此，他们还纷纷将自己藏起来的粮食酒肉拿出来送给刘邦的部队食用。就这样，刘邦赢得了关中百姓们的拥戴，取得了百姓们的信任和支持，也为自己将来夺取天下奠定了十分坚实的民意基础。

斩草除根

释　义

比喻彻底除掉祸根，不留后患。

❋　　　❋　　　❋　　　❋　　　❋

隐公六年，卫国与陈国联合去讨伐郑国。郑庄公请求陈桓公讲和。陈桓公不答应，他弟弟劝他说："与善人亲近，与邻国和睦相处，国家不能无此，还是与郑国讲和吧！"陈桓公听了很生气，说："宋、卫强大，我非其对手，不战倒罢，可郑国是个小国，我去攻打它，它又能怎么样？"于是继续攻打郑国。

两年后，郑国强大起来，派兵侵袭陈国，把陈国打得大败。邻国坐视不救。人们议论说："这是陈国自讨苦吃，长期作恶事而不知悔改。古书上说过，做恶事容易，这犹如燎原烈火一样，无法扑灭，最后必将烧到自己头上。周朝的大夫周任讲过这样的道理：作为国君，对待恶事应像农夫对待杂草一样，连根挖掉，不让它们再生长出来。这样，善事才能伸张起来。"

朝三暮四

释　义

原来比喻用骗术欺骗人，现在比喻反复无常。

✿　　　✿　　　✿　　　✿　　　✿

战国时期，宋国有一个老人，家里除了自己就没有其他的人了。老人很孤独，天天独自面对四面墙，连个说话的对象也没有，他决定养些猴子来做伴。别人问他为什么不愿意去收养一些孩子来养？老人说："养一个孩子不容易，如果将来他对你好呢，自己还觉得是一个安慰；如果是一个不孝子，那就太让人难过了，所以不如养几只猴子好一点。"

刚开始的时候，老人和这些猴子相处得很不融洽，常常闹得不可开交。不过老人很有耐心，很快就将这些猴子的脾气摸熟了，就照着这些猴子的个性开始与它们沟通。接着，老人开始训练这些猴子做一些简单的事情，比如替自己拿拿东西，或者是跑跑腿之类的。

引领青少年成长的必读故事丛书

后来有人对老人建议说："老人家，你养的这些猴子一个个都挺聪明的，而且您说的话它们又都肯听，不如您教它们表演一些节目。如果能让这些猴子去表演挣钱的话，既可以解决自己养老的问题，也可以解决养活这些猴子的问题，真是两全其美。"于是老人决定开始教猴子们进行表演。在老人的努力下，猴子们终于练好了几个表演动作。于是老人就每天带着这些猴子去街上进行表演。

随着猴子们一天天长大，老人觉得再要像以前那样放开给猴子们吃东西，不仅让这些猴子长得越来越胖，动作越来越笨拙，而且自己的经济也有点负担不起了。于是，老人决定减少这些猴子们的口粮，控制一下它们的食量，让它们减减肥。不过老人知道，如果自己一下子就将猴子们的食量减少的话，这些猴子一定会不高兴，说不定就不会再像从前那样听自己的话了。所以老人没有马上对猴子们宣布自己的决定，而是根据猴子们的脾气，想出了一个好主意。

一天，老人对这群猴子说："从明天开始给你们吃橡果。每只猴子每天早上吃三个，晚上吃四个，怎么样？"这话一说完，这群猴子立刻不愿意了，它们又叫又跳，认为老人给它们吃的东西太少了。等这群猴子闹了一会儿之后，老人说道："好啦，好啦，我知道啦，你们不要再闹了。如果你们觉得每天早上吃三个，晚上吃四个太少的话，那么就早上吃四个，晚上吃三个，怎么样呢？"猴子们一听，觉得这还差不多，于是就不再吵闹，而是拍着手表示同意。就这样，老人在没有增加开支的情况下达到了自己的目的，而猴子们也因为自己的想法得到了肯定而高兴。于是皆大欢喜，按着这个制定好的计划开始了新生活。

招摇过市

招摇：张扬、炫耀自己。市：闹市，指人多的地方。故意在公众中张大声势，以引起别人注意。

❋　　❋　　❋　　❋　　❋

春秋时期，卫国的国君卫灵公昏庸无能，不理朝政。国家的大权全控制在他的妻子南子手里。由于南子作风轻浮，行为不检点，因此名声很不好。

公元前494年，孔子在周游列国的途中，带着子路、颜回等一批学生来到了卫国。

卫灵公知道孔子是个大学问家，对他很客气，甚至开玩笑似的说要和孔子结成兄弟。孔子以为卫灵公很赏识自己，即将重用自己，便也很高兴。

南子也知道孔子名声很大，就派人去对孔子说：

"要和卫国国君结为兄弟的人，一定要拜见我。我希望能见见你。"

于是，孔子到宫中去见南子。南子在接见孔子时，故意只隔开一层薄薄的纱帘，又把衣服上装饰的玉佩弄得叮叮当当作响，向孔子卖弄风骚，弄得孔子尴尬极了。

这件事让孔子的学生子路知道了，气呼呼地埋怨老师不该和这种轻佻的女人见面，认为这样有失老师的尊严。孔子急得对天发誓说：

"我之所以去见南子，是因为她掌握着卫国的实权。我是去向她宣传的我政治主张的。如果我向你说谎，老天爷会惩罚我的呀！"

有一天，卫灵公和南子乘着一辆非常华丽的车子出游，并由一名太监雍渠陪着，让孔子坐在第二辆车中。卫灵公得意洋洋地在闹市兜了几圈，故意显示自己的威风，而南子在车中向卫灵公搔首弄姿，丑态百出。孔子生气地说：

"卫灵公不是一个想把国家治理好的人，他只是一个好色之徒罢了。"

孔子在卫国住了一个多月，见卫灵公没有重用他的意思，便带着学生们离开了卫国。

指鹿为马

释　义

故意将鹿说成马，迫使人们承认。比喻歪曲事实，颠倒是非。

❋　　　❋　　　❋　　　❋　　　❋

秦始皇死后，担任中车府令（掌管皇帝车马）的宦官赵高，和秦始皇的小儿子胡亥串通起来，并且威胁丞相李斯，伪造遗诏，由胡亥继位，称为秦二世。

赵高立了大功，被秦二世封为郎中令，成为二世最亲近的高级官员，但他的职位仍在李斯之下。后来他设计害死李斯，当了丞相。

然而他的野心很大，想当皇帝。为了试探大臣们对自己是否服气，他玩了一个花招。

一天，他把一只梅花鹿牵到朝堂上，指着它对秦二世说：

“这是臣刚寻找到的一匹骏马，特献给陛下。”

秦二世见赵高把鹿说成是马，不禁笑出声来说：“丞相怎么说错话了？这明明是鹿，却说它是马。”赵高脸不改色地说：“陛下，这是马不是鹿，不信可以问问大臣们，它究竟是马还是鹿？”

说罢，他用威吓的眼光扫视了一下大臣，想迫使大家承认。

秦二世让大臣都来瞧瞧，并问他们它是什么。大臣们看后，有的默不出声，有的为了讨好赵高，顺着他说它是马；也有的人不愿说假话，不承认赵高说法，指出它是鹿。

事后，赵高暗中对不承认是马的大臣加以迫害，将他们投入监狱。此后，大臣们对他更畏惧了。

纸上谈兵

释 义

只在纸面上谈论用兵。后比喻不切实际地空谈。

战国时，赵国大将赵奢的儿子赵括，从小便熟读兵书，因此只要一谈到怎样用兵，他便会引经据典，说得头头是道。所以，不少人都觉得他是个大将之才。但是，他的父亲却始终不承认儿子精通兵法，善于用兵。他甚至说：

"我的儿子将来要是不做赵国的将军，那倒是赵国的福气，万一不幸让他当上赵国的将军，那他一定是个败军之将。因为他从没上过战场，只会不切实际地空谈，一旦真的领兵打仗，绝对会出问题！"

知子莫若父。赵奢对儿子的看法十分正确。秦昭王四十七年，秦王派大将王龁（hé）攻打赵国的上党。赵国大将廉颇奉赵王之命率兵二十万救援上党。他采取固守政策，坚守长平，和秦军相持了四个多月，秦军没能攻下长平。

于是，秦王采用宰相范雎的离间计，到赵国去传布谣言说："秦兵所惧怕的，只有赵括一个人。廉颇是个无能之辈，再过些日子，他就要投降了。"

赵王听信了谣言，便派赵括去代替廉颇领兵。赵王召来赵括，问他说：

"你能击败秦军，为国争光吗？"

赵括大言不惭地说："要是碰上秦国名将白起，那我还得考虑一下对付的办法，现在是王龁领兵，我一定把他打得落花流水。"

于是，赵括在接掌廉颇兵权以后，立即改变固守的策略，不久就被秦兵围困。这时，秦王悄悄改派白起为主将，而以王龁为副将。结果，白起大败赵括，赵军四十万人马被俘后全被活埋，而赵括也在突围时中箭身亡。

这次战役，就是历史上有名的"长平之战"。赵国不仅在这次战役中损失了四十万军马，更重要的是从此国力一蹶不振，再也无法和秦国抗衡了。

志大才疏

释 义

志向大而才能差。

✳　　✳　　✳　　✳　　✳

公元 317 年，西晋灭亡以后，晋元帝司马睿在群臣的拥立下，在建康（今江苏南京）建立了东晋王朝。司马睿称帝后，封赏有功之臣，王导和王敦兄弟俩、刘隗、刁协、周颉（yǐ）等都得到晋升。

周颉，字伯仁，他起先被任命为荆州刺史，几年后升任尚书左仆射。由于他非常喜欢喝酒，经常喝得酩酊大醉，甚至三日不醒，因此人们都叫他"三日仆射"。

不久，大将军王敦因不满司马睿压制王氏势力，以诛杀刘隗为名义，起兵攻打建康。当时，王导在朝中任司空的重要职务，他听说王敦起兵反叛，怕遭牵连，进宫请罪。他在宫门口碰到周颉，请周颉在元帝面前说情。周颉没有吭声就进了宫。

周颉进宫后，对晋元帝说："王敦谋反王导并不知情，而且王导一向忠诚，所以不应罪及王导。"晋元帝听了，认为周颉说得有理，就采纳了他的意见。

但是，当时朝中主张杀王导的人不少。周颉又上了道奏章，为王导辩护，言词十分恳切。但这一切王导并不知道，他以为周颉不肯帮他的忙，心中很恨他。

过了些日子，王敦率军逼近建康。晋元帝派刘隗、刁协、周颉领兵抵御。结果，刘隗兵败逃走，王敦攻进建康，杀了刁协，并逼晋元帝拜他做了丞相。

王敦做了丞相以后，心中很恨周颛，想杀掉他，但他知道王导和周颛交情不错，便问王导说：

"你看周颛这个人怎样处置？"王导想到他请周颛在元帝面前说情，周颛不吭声的情景，便也不置可否。王敦见此情景，便下令把周颛杀了。

后来，王导知道了周颛在元帝面前力保他忠诚，并上奏章为他辩护的事，不由十分后悔，说：

"伯仁虽然不是我杀的，但伯仁的死我是有责任的呀！"

南朝的刘义庆在评论这件事时说，周颛志向很大而才能有限，名气很大而见识不高，这是十分中肯的。

众志成城

释 义

众志：万众一心。城：坚固的城堡。形容大家一条心，就像筑起坚固的城堡一样不可摧毁。现在常用来比喻众人齐心合力，事情一定会办成功。

❋　　　❋　　　❋　　　❋　　　❋

周朝末年，周景王即位以后，他为了能多搜刮到一些钱财供他享用，下令废除了当时流通的小钱，重新铸造一种大钱。大夫单穆公劝谏说：

"大王，废小钱，铸大钱，受到损失的是老百姓；老百姓穷了，国家就会没法治理的呀!"

可是，周景王不听，仍我行我素。这样，他从老百姓那里掳掠到了一大笔财富。

过了两年，他又为了个人行乐，下令把全国的好铜收集起来，铸造两口大钟。单穆公又劝谏说：

"大王，你两年前铸大钱废小钱，使百姓受到了很大损失。现在又要造大钟，这不仅劳民伤财，而且用大钟配乐，声音也不会和谐的。"

但周景王仍不听，下令继续铸造。过了一年，两口大钟铸成了，一口叫"无射"，一口叫"大神"。

一个敲钟的人为了奉承景王，谄媚地说：

"新铸的大钟，声音非常好听。"

于是，周景王就命他敲击，他听了后，对司乐官州鸠说：

"你听，这钟声多和谐呀!"

州鸠深知景王铸钟给百姓带来的苦难，便回答说：

"这算不得和谐。如果大王铸钟，天下的老百姓都为这件事高兴，那才算得上和谐。可是，您为了造钟，弄得民穷财尽，老百姓人人怨恨，所以我不知道这钟好在什么地方。俗话说：'众志成城，众口铄金。'大家万众一心，什么事情都能办成；相反，如果大家都反对，就是金子，也会在大家口中消熔。"

逐鹿中原

释　义

逐：追逐。鹿：比喻帝位。中原：我国古代指中部地区。比喻为夺取政权而进行的战争。

✿　　　✿　　　✿　　　✿　　　✿

蒯通是齐王韩信身边的谋士，他见韩信的力量已很强大，便劝韩信背叛刘邦，自己去夺天下。可韩信一直不听他的建议。

后来，刘邦打败了项羽，又用计将韩信抓走，以谋反的罪名杀他。临刑之前韩信叹息说：

"我不听蒯通的话，才有今天！"

刘邦下令抓来蒯通，要治他死罪，对他说：

"你教韩信反叛我，我今天杀死你，你还有何话可说！"

蒯通面无惧色，十分镇静地说：

"狗还各为其主呢，那时候我就知道韩信，并不知道有你呀！再说，秦朝将鹿失掉了，天下人都来追逐它，谁有本事谁先得到它。与你争天下的人，因为力量不够而失败，你尽可以杀他们！"

刘邦听了蒯通的这一番话，觉得也有道理，便赦免了他的死罪。